魔豆

魔豆

神使劇場

闇的遊戲日

醉琉璃——著

闇的遊戲Ⅱ

神使劇場——

目錄

楔子

飯店走廊的燈閃爍幾下，緊接著像壞掉似地，密集地不斷閃滅，帶給人心理莫大的壓迫和緊張。

彷彿在明亮與黑暗交錯間，將有駭人怪物冷不防闖出。

在這股異常寂靜中，丁點聲響都變得特別明顯。

急促的喘息迴盪在走道上的一處角落，聽起來像是管子破洞漏風。

幾條或高或矮的人影貼靠在轉角處，手裡或多或少拿著充當武器的物品，緊繃的身體洩露了他們的緊張。

娃娃臉男孩站在最外側，他努力穩定紊亂的呼吸，起碼讓它聽起來不那麼大聲。

他深吸一口氣，慢慢地探頭至轉角外。

燈仍舊故障般地閃個不停，刺眼得讓人想閉上眼睛。

強忍光線閃滅帶來的不適，柯維安仔細打量一圈。

鋪著地毯的寬敞走道沒有任何怪異身影，直直看過去，還能一路看到走廊最底端的三台電梯。

那幾個雙手垂至腳邊、身高直逼天花板的黑色人形怪物像是放棄尋找目標，遊蕩到別處去了。

「沒人。」一道年少的聲音傳來。

「沒半個人，或半個怪東西。」與剛剛極為相似的嗓音接著說道。

不管哪一道，都來自柯維安頭頂上。

柯維安扭過頭，看見後方兩名紫髮少年不知何時湊了過來，仗著身高腿長，從他身後探出腦袋。

「所以我們現在是……安全了？」人群中唯一的女孩小心翼翼地問。

「應該……」燈光太閃，柯維安沒撐多久便縮回頭，感覺眼裡還留著殘影。

見走廊上沒有異樣，不只聲音相似，連長相都彷彿同個模子印出來的項冬、項溪也縮回身子，重新靠在壁面上。

他們面前是一排玻璃窗，窗外天空呈現詭異的暗紅，更遠處是鬱鬱山林。

然而本該青翠的顏色，在天空的映照下也染上一層不祥的紅。

「啊啊，這到底是怎麼回事？爲什麼事情會變成這樣？」蔚可可哭喪著臉，原本滿滿的朝氣早就被驚魂未定取代。

任誰碰上連串恐怖怪事，都很難再保持冷靜。

稍一回想先前經歷，蔚可可就忍不住搓搓手臂，戰慄感揮之不去。

感覺他們像被扔入一部恐怖片裡，負責飾演逃竄的可憐炮灰。

他們明明只是進來玩的，誰知道會發生這種可怕的事。

不但離不開這間溫泉飯店，還碰上怪物們。

對，怪物居然不只一隻，而是複數以上。

要不是顧忌著哀號聲太大可能會再引來黑色人形怪物，蔚可可一定要對天吶喊：

想好好放假錯了嗎？爲什麼要這樣對待我們——

我們不過是無辜又清純的大學生呀！

喔，另外幾人不是。

紫頭髮的雙胞胎是高中生，極力平復情緒的第五人則是社會人士。

項冬、項溪瞥了蔚可可一眼，雖然不能理解她的心理活動此刻有多複雜，但對方臉上的「崩潰」兩字還是能解讀得一清二楚。

而那兩個字，同時也是他們現在的感受。

就是……真的是誰知道呢？

他們兄弟倆不過是打工時摸魚玩了個遊戲，就和柯維安、蔚可可撞在一起，然後再碰上另一人。

也不曉得這怪地方的時間流速是怎樣？萬一和現實一樣，豈不代表他們曠工幾小時了嗎？

總是一號表情的兩兄弟心裡不由得波濤洶湧。

雇主會宰了他們的！

真正物理意義上的宰！

「趙大哥，你之前也碰過同樣的狀況嗎？」蔚可可轉頭看向趙天昊。

那是一名體格精壯的男人，膚色偏深，頭髮比平頭再長一點點。

趙天昊的臉色比眾人更慘白，精神狀態也比他們差。

據他所說，他本來是和女友在一起的。

他們也是來溫泉飯店度假，卻突然碰上怪事，兩人無端被拆散，至今仍找不到女友的下落。

雖然難掩一臉憔悴和驚嚇，趙天昊還是勉強打起精神。

「我……」發現聲音嘶啞，他清了清喉嚨，總算讓說話聲清晰了些，「和曉潔分散後，一直被奇怪的東西追。它們陰魂不散，我還是第一次碰見它們消失的狀況。」

「也許它們也需要休息？」沮喪過後，蔚可可迅速調整心情，她這人最大的優點就是樂觀，「說不定它們去睡午覺了？」

「妳確定現在是午？」項溪看著窗外天色，「也許是早。」

「也許是晚。」項冬聳聳肩，「也許根本沒有早中晚。」

「啊啊啊啊！」蔚可可壓低音量哀嚷，「你們不要打擊美少女的自信心啊！」

項冬、項溪不說話了，也許是不想再打擊人，也或許是想對「美少女」三字保持沉默。

柯維安也希望事態就如蔚可可說的樂觀。

假使那些怪物眞的跑去休息，管它們是爲了午覺還是下午茶時間，也可能它們跟人類一樣，會花點時間去追劇追動畫，就能讓他們爭取到更多時間。

說到動畫，這禮拜上架的最新一集《甜甜圈小女神》他還沒看。

蒼天啊！各路神明啊！師父啊！拜託讓他能順利活到回去看動畫吧！

他還沒看到新一集的小女神究竟多萌多可愛！

回想起小女神甜甜的嗓音和格外可愛的臉蛋，柯維安重新振奮起精神。

爲了年僅六歲的紙片人，他一定要好好活下去！

他看著前方的一排窗戶，窗戶大小足以讓最高壯的趙天昊爬出，加上他們現在是在二樓，往下跳，運氣好的話就是毫無髮傷。

柯維安不是沒想過從窗戶逃出去，但前提是……

那些窗戶眞的能讓他們通往外界。

柯維安鬱悶地抓抓頭髮，把本就亂翹的髮型變得更像鳥巢。

他們早就嘗試過了。

窗戶一打開，外邊彷彿罩著一堵透明牆壁，斷絕他們的逃生之路。

往外撞得多大力，回彈的力道就有多大。

窗戶不行，一樓大門也不行，整間飯店有如一座封閉的牢籠。

柯維安拚命絞盡腦汁，試圖讓他聰慧天才的腦袋擠出計畫。

但計畫還沒成形，他驀然背脊一僵，「你們有沒有聽到……」

「聽到什麼？」趙天昊困惑地問。

項冬先回答了，「聲音。」

「有聲音。」項溪多加一個字。

「噓！」蔚可可緊張地示意大家別說話。

一旦陷入靜默，走道上的任何聲響就變得更加明顯。

喀噠喀噠！喀噠喀噠！

類似尖物用力敲擊地面的聲音進入眾人耳中，也令他們繃緊神經，剛放下的一顆心再度提起。

這聲音與之前怪物製造出的腳步聲不同，充滿節奏感，彷彿把地面當鼓在打。

柯維安屏著氣，謹慎地朝轉角外探出一隻眼睛。

走廊上的燈光不知何時恢復正常，不再瘋狂閃滅。

柔和的明黃色燈光照亮前方景象。

灰綠色地毯、米色牆壁、霧銀電梯門。

就是沒照到發出喀噠喀噠聲的來源。

「什麼也沒有。」柯維安飛快轉頭向同伴報告，「沒看到疑似怪物的存在。」

「可是……」蔚可可微顫著聲，「聲音還在耶。」

就如蔚可可所說，只要一安靜下來，就能清楚聽到那陣聲音。

喀噠喀噠！喀噠喀噠！

沒有停下，且越來越清晰。

柯維安連忙再探出頭，這次朝天花板方向掃去。

還是沒發現異樣。

可令人心臟緊縮的是，喀噠聲並未消失，聽起來就像在逐漸接近他們。

「這也太奇怪了……」柯維安嚥嚥口水，「總不會是肉眼看不見，得靠其他工具……」

「例如手機！」蔚可可鬼片看得多，靈光一閃，馬上貢獻意見，「用相機鏡頭照看看！」

「我看看喔。」柯維安解鎖手機。

趙天昊也下意識拿出手機，光滑的黑色螢幕照出他頹喪的臉。

——也照出上方一雙俯視他的幽幽綠眼。

趙天昊手指僵硬，全身血液像一口氣倒流。

手機螢幕就像一面鏡子，將趙天昊的臉與上方光景映得一清二楚。

一個男人像隻大蜘蛛般攀爬在天花板上。

它面孔朝下，身體卻向著上方，簡直像頭顱轉了一百八十度。

背部突生出四根像蜘蛛腳的黑刺，衣物成了暗紅色的破爛布條垂掛在身上。

黑刺與四肢一起貼在天花板上，兩顆突出的眼珠如同癩蛤蟆外凸的眼睛，綠得發光，彷彿夜間出現的鬼火。

從那兩顆不斷骨碌轉動的眼珠來看，趙天昊猜測對方還沒發現自己看到它了。

他不敢有太大動作，就怕打草驚蛇，只能顫顫地向眾人擠出提醒。

「上、上面……」

「什麼上面？」蔚可可就站在趙天昊旁邊，聽得最清楚。她嘴裡重複著問句，脖子也下意識仰高。

這一看，與兩顆突出的綠眼珠撞個正著。

蜘蛛男人朝蔚可可咧開一抹直至耳際的笑容，從嘴裡發出像昆蟲的唧唧聲。

蔚可可煞白一張俏臉，聲音哽在喉嚨裡，過度衝擊真的會令人喊不出話。

趙天昊在此時放聲大吼，「怪物在上面！」

人是一種奇妙的生物，縱使知道上面有恐怖的東西，還是會反射性朝那方向看過去。

柯維安他們就是這樣。

「噫啊啊啊！」柯維安率先慘叫，順便也代替蔚可可發聲。

蜘蛛男人甩動著腦袋，頭髮竟是隨著它的動作不斷變長。

這畫面有絲可笑，可搭配上它蜘蛛般的身軀，還有越來越凸的眼珠，只教人無比悚然。

「跑啊！」柯維安使勁將手裡的衣架往怪物臉上砸，轉頭就朝轉角另一端走廊跑。

變異的蜘蛛男人散著一頭長髮，手腳、黑刺快速移動，從天花板緊追在眾人身後。

喀噠喀噠！

「唧唧唧！」

黑刺敲在天花板的聲音及蜘蛛男人發出的叫聲，無一不像催命樂曲。

空蕩的走廊方便柯維安幾人逃跑。

他們卯足勁狂奔，目標是矗立在正前方的電梯。

電梯是安全的，他們要靠電梯離開這層樓！

人形蜘蛛加快速度，大幅縮短和他們的距離。

長到幾乎觸地的長髮有如活物，張牙舞爪地朝落後的蔚可可襲來。

項冬驟然抓住蔚可可的胳膊，將人往前用力一拽。

髮絲撲了一個空。

蔚可可踉蹌一步，轉眼穩住身子。她借著這股力道，順勢一個箭步躍至最前頭，用力拍上向上的電梯按鍵。

按鍵亮起。

正好停靠在二樓的最左側電梯打開門，蔚可可跌撞跑進，轉身壓住開門鍵。

「快點！快點進來！」蔚可可伸出另一隻手，幫忙將外面的人扯進電梯。

柯維安、趙天昊都進來了。

再來是項溪。

項冬落在最後，距離敞開門的電梯還有三步。

蜘蛛男人從天花板翻身跳下，腦袋也跟著轉了一圈，以古怪角度面向項冬。

彷彿凌亂黑線糾結的長髮霎時全數浮起，如活物般襲向他。

還剩下兩步。

黑絲貼上項冬後頸。

異物入侵感鮮明地傳遞到大腦。

「你這個蠢弟弟！」踏入電梯的項溪又踏出，伸手奮力往前扣住項冬的手。

就剩一步。

說時遲、那時快，電梯裡的柯維安與趙天昊跳起，一起抓住項溪的手臂，合力把人往電梯內拖。

幾人就像拔河，將還在電梯外的項氏兄弟一口氣全拖進來。

當項冬的身子越過電梯與樓層的界線之際，鑽入他後頸的黑絲「啪」地斷裂。

電梯門慢慢闔上，漸漸遮擋還掛著詭異笑容的蜘蛛男人。

「你才是弟弟，還蠢。」項冬靠著電梯牆滑坐下來，摸上頸後，摸到幾根還扎在他脖子裡的頭髮。

那感覺眞是讓他噁心極了，他也不管頭髮根部已沒至皮膚底下，直接一把扯出。疼痛讓他「嘶」了一聲，手上則是出現幾根沾著血的髮絲。

項冬厭惡地彈舌，「要是再碰到那種怪物，小心別被它頭髮碰到身體，會鑽進去。」

蔚可可光想像就花容失色。

「先別按樓層……」柯維安喘著氣，梯廂空間暫時能讓他們獲得安全。

他握著手機，想看現在幾點了，卻發現赫然出現了微弱的訊號。

柯維安幾乎以爲自己眼花了，連忙再看一眼。

訊號還在！

他不敢錯過這不知何時會消失的奇蹟。

當下爆發驚人手速，力求最短時間內將訊息發送出去。

小白救命——

第一章

「叮」的一聲，電梯門打開。

一刻和蔚商白從電梯裡走出來。

兩人都是高個子，一人還更高一點，在人來人往的捷運站大廳顯得鶴立雞群。

坐了近五十分鐘的捷運，一刻整個人坐到有點麻木，他吐出一口氣，隨意耙耙一頭白髮，緊繃的身體終於能稍微放鬆。

他五官凌厲，不笑的時候給人生人勿近的凶惡感覺。

而他的同伴也沒有顯得柔和多少。

蔚商白一向不苟言笑，鏡片沒有修飾他冷淡的眉眼，反倒增添一抹疏離。

他們並肩走在一塊，周遭彷彿清出一小片眞空地帶。

捷運站人來人往，也有人坐在一旁椅子上休息，毫不在意旁人，手機大聲播放新聞。

颱風雖然離去，但帶來的西南氣流造成豪雨不斷，還請大家嚴防豪大雨。

……飯店因地理位置，五樓慘遭土石流灌入，淹沒半層樓，有三人罹難……
大廳外是紅色的天空，廣場周邊停著幾輛等著載客的計程車，也有幾輛私人轎車。
其中一輛銀灰色廂型車外站著一個男人，手裡舉著一張紙牌，上面寫著「□□溫泉大飯店接泊車」。
一刻他們剛走出來就瞧見那名舉牌的男人。
□□溫泉大飯店，正是他們今天要入住的地方。
揹著包包的兩名大學生大步上前，與接人的司機確認過姓名，一前一後彎身上車。
後座是兩排坐椅，兩人身高腿長，直接佔滿第一排椅子。
一刻瞄到蔚商白的腿要往兩側岔開才能完全放得下，「……你腿也太長了吧。」
蔚商白同意：「是比你長。」
一刻冒出一絲不爽，「幹。」
蔚商白說：「實話而已，不用罵髒話，大四我又長高了幾公分。」
對蔚商白投予糾結又嫉妒的眼神，一刻不想問對方現在多高了，反正也改不了自己比人矮的事實。

他打開手機，本來稱得上放鬆的表情一變，眉頭深鎖地看著螢幕上的兩條訊息。

那是柯維安之前發來的。

一條是寫「小白救命」。

單看這條似乎能當成玩笑，柯維安平常說話的調調就是如此誇張。

然而另一條就處處透著古怪。

我們玩了電梯遊戲。

我們玩了電梯遊戲。

我們在[redacted]飯店裡。

飯店是他們等等要去的那間飯店沒錯，但電梯遊戲……

「你知道電梯遊戲嗎？」一刻眉宇間摺出深深紋路。

總覺得這遊戲聽起來不是什麼正經遊戲。

蔚商白說：「聽可可說過，她之前看的鬼片跟電梯遊戲有關。」

「靠。」一刻彈了下舌，跟鬼片沾上關係，聽起來更有問題了，「說來聽聽。」

「忘了。」蔚商白在一刻射來眼刀之前，把手機遞給他看，「網路查得到，你自己看。」

一刻快速掃過說明，才知道電梯遊戲是韓國跟日本那邊傳來的。

電梯遊戲的玩法很簡單，要先找一棟超過十樓高的大樓。

坐進電梯後，依序前往四樓、二樓、六樓、二樓、十樓、五樓。

當來到五樓時，再按下往一樓的按鈕。

假如電梯沒有往下，反而直升至十樓，就表示這個遊戲成功了。

電梯門一打開，迎接的將是一個異空間——

「根本是吃飽撐著沒事幹。」看完後一刻只有這個感想。

是多閒才能想出這種遊戲？

他要是大樓管委，肯定想打死跑來玩電梯遊戲的人。

電梯上上下下的，不知道有多耗電嗎？那可都是要算在電費裡。

「進去異空間是能幹嘛？不擔心回不來嗎？」

「這個問題，晚點你碰到可可他們可以好好問一下。」蔚商白看著自己和妹妹的聊天頁面。

上面自從發了一句「我們去玩電梯遊戲啦」，就再也沒下文。

一刻問，「蔚可可也聯絡不上嗎？」

蔚商白直接展示手機畫面。

「你看起來不像生氣的樣子。」一刻疑惑地打量那張冷靜的臉。這不對啊，平常蔚可可做錯事，蔚商白的懲罰向來不手軟。

「與其浪費時間生氣，不如把這工夫省下來。」蔚商白嘴角向上勾了下，形成皮笑肉不笑的弧度，「想想之後要買多少原文書強迫她看，必須在規定時間看完，還要逼她寫出千字感想。」

這懲罰方式聽得一刻都要頭皮發麻。

他在心中同情渾然不知將有淒慘未來的蔚可可，可轉念又想起她和柯維安居然敢跑去玩這種莫名其妙的遊戲，丁點大的同情心立即消失殆盡。

現在玩出問題來了，想聯絡也聯絡不上。

電話無法打通，訊息則是遲遲未顯示已讀。

柯維安和蔚可可如同斷線風箏，至今不知狀況如何。

想到他們之後也得玩電梯遊戲才有機會與兩人碰頭，一刻忍不住捏捏眉心，又想罵髒話了。

注意到司機至今還沒上車，一刻打開車窗，探出頭，「大哥，還沒要開車嗎？」

「拍謝啦，還有一位預定的客人沒到。」司機回頭充滿歉意地說。

一刻不自覺往捷運站望去，來往的人群如忙碌的蟻群。

沒有多久，自從一刻二人走出後便不曾再開啟的電梯門又一次打開。

一名矮個子的紫髮男孩揹著包包，快步地跑向自動閘門。

他頭上戴著貓耳帽，就連身上服飾也有不少貓咪元素，整體造型相當吸睛。

對於可愛的人事物，一刻總忍不住多看幾眼。

他看見紫髮男孩穿過閘門，東張西望，像在尋找誰。

隨後男孩眼睛一亮，目光與一刻這邊對上。

不對，不是和一刻，而是和舉著紙牌的司機。

「抱歉抱歉，我遲到了！」毛茅朝著司機招招手，三步併作兩步地跑上前。視線瞥見到車窗內的一刻，反射性向對方揚起友善的笑意。

他這麼一笑，稚氣感加重，給人更小隻的感覺了。

後座第一排被一刻與蔚商白坐去，他們打算起身，好讓司機能調整椅子，讓對方能夠坐到後排。

「沒關係，我坐前面也可以。」毛茅搖搖手，一溜煙跑到副駕駛座上。

預定接泊的三名乘客都到齊，司機發動車子，穩穩地開向□□溫泉大飯店。

毛茅低頭刷著手機，不小心誤碰按鍵，平板的機械女聲突地開始朗讀。

「電梯遊戲——電梯遊戲是一種基於都市傳說的恐怖遊戲，據說可以通過電梯進入另一個世界。」

「不好意思。」毛茅趕緊退出網頁，回頭朝一刻二人歉意一笑，「我不小心按錯了。」

一刻與蔚商白暗中對視一眼，在彼此眼中看見疑問。

那名國中生也在查電梯遊戲。

這是湊巧嗎？

還是說……

□

溫泉大飯店座落山間，外表氣派恢宏。

四周被許多蒼綠樹叢包圍，綠葉間點綴著一些未開綻的純白花苞。

不難想像若是正值花季，將會是美不勝收的光景。

三人走進飯店，大廳內意外地一片冷清，只有三兩客人坐在沙發上，櫃台前反倒沒人辦理入住。

牆壁掛著幾幅飯店風景的照片，櫃台裡頭站著一名女性工作人員，穿著深藍制服。見到一刻幾人過來時，臉上的笑容親切又甜美。

「您好，要辦理入住嗎？請問有預約嗎？麻煩出示一下證件喔。」

蔚商白拿出駕照，遞給櫃台人員。

櫃台人員核對一下，笑容裡滲入歉意，「不好意思，我們這裡沒有您訂房的資料。」

「你沒訂到？」一刻低聲問道。

蔚商白拿出手機，切換至訂房APP的頁面，卻沒在裡面找到他的訂房記錄。素來平淡的表情微變，他記得很清楚，出發前有確認過，當時的確有顯示他的訂單。可現在空蕩蕩的，什麼也沒有。

「我有訂，但不知道怎麼回事沒記錄。」蔚商白皺起眉，收起手機。當初訂房時不須先付款，現在也無法追查金流證明自己有訂成功。

「還有空房嗎？」蔚商白問道。

「今天剛好剩下一間雙人房。」櫃台人員笑容可掬地回答，「請問要辦理入住嗎？」

「啊，等一下！能不能先幫我看一下？我也有預約。」毛茅在後頭聽得一清二楚，他也有事先訂房，深怕自己碰上一樣的怪事，忙不迭出聲打岔。

櫃台人員輸入毛茅提供的資料，接著滿是歉意地搖搖頭，「不好意思，我們這裡沒有您的訂房資料。」

「咦？」毛茅大吃一驚，沒想到自己訂好的房間也出問題。

他下意識拿出手機查看。他之前是用電子信箱聯繫，然而與飯店客服往來的信件竟消失得無影無蹤。

眼看櫃台人員重新爲同車的二人辦理入住，僅剩的雙人房就要變成他們的，毛茅心裡不禁一急。

如果無法成爲這裡的房客，他就不能留在這間溫泉飯店。

他還有事必須處理，說什麼都不能離開。

情急之下，毛茅生出一個主意，「那個……我能跟你們一起住嗎？」

知道自己的要求太冒失，毛茅連忙補充，「我可以一起分擔房錢，我睡沙發就行，沒沙發的話睡地板也可以。」

一刻和蔚商白驚訝地看向毛茅，後者露出請求的表情，可憐兮兮的模樣就像落難的小動物。

一刻對小動物向來沒轍，不待他向蔚商白投予詢問的眼神，蔚商白已先一步轉頭向櫃台人員詢問。

「我們有三人，只剩一間房的話，可以通融一下讓我們住一起嗎？」

櫃台人員倒是很乾脆地應允了。

「你沒問題？」一刻沒想到蔚商白答應得比他還快。

「你一副就是沒辦法拒絕的樣子。」蔚商白低聲回話。

「我……」一刻想反駁，但接收到蔚商白調侃的眼神，頓時訕訕地閉上嘴。

有個太了解自己的朋友就是有這種壞處，心裡的想法在對方面前藏也藏不住。

「太感謝你們了！」聽到一刻二人的同意，毛茅開心道謝，「我叫毛茅，我睡覺不打呼不夢遊，絕對不會吵到你們的！」

「宮一刻。」一刻簡潔地自我介紹。

「蔚商白。」蔚商白也說。

「兩位是大學生嗎？」毛茅好奇地打量比自己高了一個頭不只的兩人，「那我喊你們宮大哥、蔚大哥？」

「是大學生，要怎麼喊隨便你。」一刻也反問道：「你呢？國中生？」

「我不是國中生，我高中啦。」毛茅笑咪咪地說，「高中二年級。」

答案令一刻他們吃了一驚。

面前的男生長相稚氣，個子又嬌小，沒想到居然已經高二。

辦理完住宿手續，櫃台人員拿出鑰匙。

鑰匙上掛著長方形的壓克力吊飾，白色的底部上用金邊描繪出花瓣的圖案。

蔚商白的手指碰上鑰匙的剎那，大廳內的燈光驟然暗下。

「停電？」一刻愕然。

本該立即安撫客人的櫃台人員卻陷入安靜，就連坐著客人的沙發區也靜悄悄的。

偌大的廳堂竟只有一刻的聲音。

「是不是不太對勁？」彷彿受異樣氛圍感染，毛茅不自覺放輕語氣。

燈光很快又重新亮起，大廳內恢復光明。

然而在光線驟亮的瞬間，一刻他們看見櫃台人員仍維持著笑容。

那弧度就像凝固在臉上，雙眼眨也不眨，眼珠空洞無神，皮膚則呈現不自然的光澤與質感。

——乍看下，恍若一尊劣質的粗糙蠟像站在櫃台後。

「先生？先生？」

柔和的詢問霍地在一刻幾人耳邊響起。

三人飛速回過神，看見櫃台人員一臉關切又疑惑地望著他們。

她的皮膚看上去沒任何異常，雙眼亦是充滿神采，怎麼看都讓人難以聯想到死氣沉沉的蠟像。

一刻等人迅速對視一眼，在彼此眼中看見驚疑。

但此刻放眼望去，一切如此正常。

方才的怪異彷彿是場只有他們自己看見的幻覺。

「請問有哪裡須要協助嗎？」櫃台人員以爲一刻他們站著不動，是還有事要問。

雖然櫃台人員前一秒出現異常，但一刻還眞的想到有件事要她幫忙。

「我朋友也住這裡，不知爲什麼聯絡不上。可以幫我查一下柯維安或蔚可可的房號嗎？」

「不好意思，這涉及客人隱私。」櫃台人員笑容完美。

一刻點出手機裡柯維安與蔚可可的合照，「那妳有看過他們嗎？」

「不好意思，我沒見過。」櫃台人員搖搖頭，「還需要其他的協助嗎？」

「……不，沒有了。」一刻一把握住房間鑰匙，這次沒再發生怪事。

壓克力上面刻著707，那是他們今晚入住房間的號碼。

三人誰也沒開口，直到進入電梯內，電梯門關上，毛茅最先吐出一大口氣。

「剛剛是不是……」毛茅拍下胸口，差點以為自己進入恐怖片現場，「櫃台姊姊變得好像假人喔。」

「不只櫃台。」蔚商白忽然說，換來另外兩人吃驚的眼神。

一刻問，「你的意思是其他人也？」

蔚商白說，「坐在沙發那邊的人也是，燈亮起的瞬間，他們看上去也變得像一尊尊蠟像。」

「你居然來得及看到。」一刻不得不佩服對方敏捷的觀察力。

蔚商白輕聳肩膀，「視線剛好越過你的頭。」

「操！這時候還炫耀身高！」

「我只是闡述事實，別對我翻白眼，我知道你準備翻了。」

一刻：「……」

再重複一次，有個太了解自己的朋友真的很煩。

所以一刻決定改在內心偷偷翻白眼。

電梯在七樓停下，伴隨「叮」的一聲，電梯門緩緩打開。

電梯外正對著一條長長走廊，地上鋪著灰綠色的地毯。

走在上面，腳步聲大部分都被吸收進去。

這層樓也沒看見其他房客，只看到幾個穿著暗紅色制服的工作人員走動。

707號房雖說是雙人房，但房內空間意外寬敞，三人在裡面活動綽綽有餘。

房間裡有兩張單人床，落地窗邊則是擺著圓桌和沙發，充當迷你客廳。

讓毛茅感到驚喜的是沙發。

看似單人椅，其實是一張折疊起來的沙發床，只要調整好位置，就能展開成爲簡便的床位。

「沙發你自己喬一下。」一刻放下背包，在房間轉一圈。

浴室是乾濕分離，衣櫃裡放著備用的枕頭和一件棉被，晾衣桿上掛著兩件白底金紋的浴衣，上面的花紋與鑰匙上的吊飾一樣。

落地窗外是一個小陽台，和隔壁房的陽台隔了大約一點五公尺的距離。

弄好床位，毛茅翻起自己的包包，從裡面抽了一包洋芋片，「宮大哥，你們吃嗎？濃黑巧克力口味的。」

「什麼？」一刻瞥來一眼，「不用。」

「還是你們比較喜歡檸檬紅茶口味的？」毛茅繼續往包內掏，「我還有玫瑰金桔、甜甜奶茶、超級辣椒……喔，這個還是保留好了，辣度可能太過驚人。」

一刻越聽越狐疑，他轉過頭，震驚地發現毛茅包裡全是洋芋片，「你是帶多少包？」

還有它們的口味也太花俏了吧！

「五六七八包吧。」毛茅獻寶般全掏出來展示，「要嗎？要嗎？洋芋片是世界上最棒的食物啦！」

一刻和蔚商白還是拒絕。

他們對零食沒太大興趣，更何況那些口味聽起來有點微妙。

沒有推銷成功，毛茅也不氣餒，把所有洋芋片再收回包包裡。

既然同住一間房，稍早還一起經歷怪事，一刻看著坐在沙發床上的毛茅，乾脆趁機問出壓在心裡的疑問。

「你之前在車上……也是在查『電梯遊戲』的資料嗎？」

毛茅的坐姿登時從懶散變得挺直，「也是？宮大哥你們也對電梯遊戲感興趣？」

「是我朋友感興趣。」一刻含糊說道。

「他們該不會……」聯想到一刻在櫃台前說的話，毛茅敏銳發問，「跑來這裡玩了？就是你剛剛問櫃台姊姊的那兩位？」

一刻沒料到自己一句話，就能被毛茅猜出事情大致面貌。

他抹了一把臉，也不曉得該承認還是該否認。

但他的沉默無疑是變相地給出答案。

見狀，毛茅主動交底，「其實我朋友也是，應該說是我學長啦，他們兩個也跑來這裡玩電梯遊戲。」

「然後他們不見了？」蔚商白單刀直入地問。

「對……」毛茅惆悵地嘆口氣，「他們是在當我保母時跑去摸魚玩遊戲，不知道怎麼會跑來這裡。」

見一刻和蔚商白流露匪夷所思的眼神，像在震驚他一個高中生還需要保母，毛茅急忙解釋，他可不想被誤認成巨嬰。

「是我爸爸太愛操心啦！他在外出差，總擔心我喝水會嗆到，吃飯會噎到，走在路上還可能會絆到……有時會找我那兩位學長過來關注我的生活。」

一刻他們明白了，一個過度保護的老父親。

「學長傳了訊息給我。」毛茅點開聊天頁面讓一刻他們看，「所以我才過來這裡。」

上面只有兩行字。

我們玩了電梯遊戲。

我們在[redacted]溫泉大飯店裡。

「這和柯維安傳來的差不多……」一刻喃喃，「是怎樣？這裡是什麼風水寶地不成？都非得跑來這玩電梯遊戲？」

「我們晚點也得玩了。」蔚商白指出事實。

「媽的，等找到柯維安和你妹後，老子絕對要揍……」思及蔚可可是個女孩，一刻改口道：「柯維安我用揍的，至於你妹，你之前提出的懲罰給她加倍吧。」

注意到那位標註爲「東邊學長」的傳訊時間與柯維安差不多，一刻不禁浮現一個猜想。

總不會兩邊人正巧撞一起，然後就一起玩了吧。

……不，這機率怎麼想也太低。

一刻正要揮開這想法，房裡的座機無預警鈴聲大作。

尖銳的響鈴一聲接著一聲，像在催促人趕緊接起。

突然響起的電話讓一刻他們愣怔一下。

能打室內電話的除了櫃台，便是飯店房客。

按常理判斷，後者不太可能隨意打來，那麼就只會是前者了。

不知道櫃台打電話過來有什麼事？離得最近的一刻長臂一伸，拿起話筒。

說話的是一道柔和女聲。

「尊敬的客人您好，很抱歉要通知您，目前飯店內出現一名殺人魔。爲了您的人身安全，如非必要，請勿離開房間。」

「請您牢記，上鎖的房間是安全的，就像電梯裡一樣安全。」

字正腔圓的女聲語速不快，足以讓人聽清楚她說的每一個字。

而「殺人魔」三字就如同威力驚人的炸彈，在一刻耳邊轟然炸開。

「妳說什麼？」一刻愕然追問，「什麼殺人魔？」

電話裡的女聲沒有回答，只重複剛剛的說詞，似乎這只是一段預錄好的語音，無法做出其他回應。

聽見一刻脫口喊出殺人魔，毛茅和蔚商白立即看向他。

電話裡的語音重複三次就結束。

一刻馬上打給櫃台，可不論等多久都無人接聽。

試了幾次無果，他用力掛上電話，「見鬼了，櫃台沒人接。」

「電話是誰打來的？殺人魔是怎麼回事？」蔚商白沉聲問道：「惡作劇嗎？」

「我不知道……」一刻煩躁地耙梳頭髮，「電話裡聽到的像是錄好的語音，她說飯店現在有一個殺人魔，要房客待在房間裡，非必要別出去。」

「聽見這種話，正常都不可能出去……」毛茅忽然「啊」了一聲，看向一刻他們，「那個電梯遊戲。」

想要玩電梯遊戲，就得離開房間才行。

毛茅問，「宮大哥，我們現在要怎麼做，眞的有殺人魔嗎？」

一刻也想知道答案。

他沉著臉，想著早先在樓下時，櫃台人員和客人瞬間變得像蠟像，現在又無端冒出一個殺人魔。

就連打來的電話也很詭異，哪家飯店會主動告知客人有殺人魔出沒？

「管他是眞是假，總之先報警。」一刻邊說邊按下110，然而沒一會就變了臉色，「……打不出去。」

「我的手機沒訊號了。」毛茅舉起自己的手機。

蔚商白看了自己手機一眼，「我的也是。」

「搞屁啊！」種種不順讓一刻煩悶地咂舌。

他不死心地又試幾次，不論是飯店Wi-Fi或自己的４Ｇ都無法連上網路。

螢幕上方代表無訊號的符號刺眼至極。

就在這時，床邊電話又一次響起高昂的鈴聲。

一刻一個箭步衝去接起，「喂？」

這回從話筒裡傳出的不再是那道柔和女聲，赫然是一刻再熟悉不過的聲音。

「小白！小白白白啊——」

激動的鬼吼鬼叫像能刺穿耳膜，逼得一刻不得不把話筒拿遠一點。

「嗚嗚嗚，終於能聯絡上你了甜心！」

高分貝的喊叫讓一刻不用按下擴音鍵，房內的另外兩人就能聽見。

「柯維安？」蔚商白難掩錯愕。

毛茅記得這名字，是一刻他們失蹤的朋友。

「柯維安！」一刻不敢置信地拉高聲調，「爲什麼你會打我們房間電話？你是怎麼知道房號？你們現在到底是在飯店哪裡？蔚可可呢？有跟你在一起吧。」

「有有有，可可在我旁邊！等等，她好像有話說……」柯維安的聲音稍微遠去，很快又回來，「她說她不敢跟蔚商白說話，拜託我幫忙報一下平安，希望她哥能放她一馬。」

「這事等他們兄妹事後自己解決。」一刻瞞下蔚商白決定好的懲罰，免得蔚可可在另一邊發出雞貓子鬼叫。

有柯維安的聲波攻擊已經很夠了，他可不想自己的耳朵再受摧殘。

見毛茅也湊過來豎起耳朵傾聽，一刻按下擴音，讓房裡的人都能聽到柯維安的聲音。

「你還沒說你們現在在哪？」

「我們在十三樓，是在……喔，1302房，電話上正好有貼房號的標籤。」

「你是怎麼知道我們房號？」

「我看到的！」柯維安搶在一刻出聲前急急喊道：「小白你們先聽我說，總之事情有點不妙，我接下來要說的事很詭異，但保證都是真的，沒騙你們！我們是從電視上看到你們！」

「啊？電視？」一刻懷疑自己聽錯了，他瞄向蔚商白和毛茅，發現兩人也差不多表情。

柯維安連珠炮地說，「就是打開電視，然後就出現你們的影像，我看到你們待在房間裡，房間鑰匙擺在桌上，上面有寫707，你們那邊還有一個紫頭髮的男生，他叫毛茅對不對？我這邊的項冬還是項溪告訴我的，他們是我們在飯店裡碰上的人……呃，就是玩完那個遊戲碰上的。」

似乎是怕提起「電梯遊戲」四個字會讓一刻惱火，柯維安小心翼翼地採用代稱。

「是哥哥項冬。」年少的嗓音從話筒流洩而來，「冬天的冬。」

「是弟弟項冬。」另一道相仿聲音緊接著說，「我才是哥哥項溪，溪流的溪。」

一刻懶得管那對兄弟誰是哥哥誰是弟弟，他朝蔚商白使了記眼色。

蔚商白會意，找出電視遙控器，打開電視。

螢幕裡沒出現任何節目，反而是一片雪花堆疊的黑白雜訊。

蔚商白快速按過一輪，無論頻道如何轉換，畫面始終被雜訊佔據。

一刻下意識抬頭張望，想找出哪邊是否裝有監視器。

視線掃過一圈，沒看到疑似鏡頭的存在。

眼下也不是大費周章翻找監視器的時候，一刻壓下疑惑，問起柯維安他們那邊的狀況，「你們那邊現在是四個人對吧。」

柯維安否認，「不是耶，是五個人，還有一位趙大哥。」

那個趙大哥又是哪來的？到底是多少人跑來這裡玩電梯遊戲！

一刻忍住差點來到嘴邊的抱怨，改問別的，「你們有接到飯店電話通知嗎？就是說有殺人魔，要人待在房間裡。」

「有喔有喔，不過我們沒碰到就是了。而且比起殺人魔，怪物更嚇人。」柯維安的笑聲乾巴巴的，「我們之前碰到好幾個怪物。」

「等等，什麼怪物？」

一刻沒有等到柯維安的答案，反而等到一連串狐疑又難掩慌張的追問。

「小白？小白？怎麼沒聲音了？」

「柯維安，你能聽到我說話嗎？」情況突生變化，一刻急急向話筒另端喊。

「喂喂？小白？甜心？」柯維安那邊聽起來更慌亂了，「你們還能聽到嗎？你們記住，要是有危險就把房間鎖上，或是躲到電梯裡！那些怪物很笨，不會打開電梯，只要躲進去就安全了！」

在柯維安因焦急而逐漸拔高的話聲中，一刻猛然捕捉到另一陣聲響。

叮咚！叮咚！

那是門鈴的聲音。

不單是一刻留意到，柯維安等人也發覺房間多出一道背景音。

「這時候誰會按門鈴？」柯維安驚疑的問句從話筒裡飄出來。

一刻他們能聽見遠在另一端的門鈴聲變得越發急促。

叮咚叮咚叮咚叮咚——

叮咚叮咚叮咚叮咚——

似乎有未知的訪客不停粗暴地戳按門鈴，催命似的鈴聲讓人神經緊繃。

柯維安他們的聲音不知何時消失了。

不安的沉默從話筒內擴散而出。

一刻的心沉了下去，「柯維安？柯維安？」

傳遞過來的只剩下死寂。

「說話啊！你們那邊發生什麼事了？」一刻抓緊話筒，厲聲大喊，「柯維安！」

代表通話中斷的嘟嘟嘟斷線音霍然響起。

第二章

時間拉回半小時前。

磅鏘！

重重的撞擊聲響驚動待在電梯裡的五人。

經歷一場逃亡後，柯維安他們再度躲進堪稱變相安全屋的電梯裡。

不是沒想過另找一間房躲進去，可當時情況危急，路過的房間又都上鎖，無法進入，只剩躲入電梯一途。

安穩的時間沒有維持太久，就被上方傳來的聲音打破。

柯維安反射性睜開眼，本來盤坐在地板的身軀立時彈跳起來，又差點因爲腳麻而跌得四腳朝天。

蔚可可眼疾手快地扶住他。

倚著牆的項冬、項溪早已打直背脊，兩雙眼睛不約而同地直視上面。

「是什麼東西砸下來了？」趙天昊肌肉繃緊，雙眼緊盯上方不放，又像在屏息等待下一波可能出現的衝擊。

「應該不可能是怪物直接跳入電梯井吧……」蔚可可乾巴巴地說道：「雖然恐怖片時常這樣演。」

柯維安想阻止蔚可可說話已經來不及。

下一剎那，猛烈的衝擊再度降臨。

這次不是重物砸下的聲音，赫然是梯廂無預警出現一陣震晃。

待在封閉空間的五人宛如經歷一場地震。

「哇啊啊！」蔚可可站得很穩，可嘴巴習慣性哀叫得最大聲。

柯維安比她更想哀號，「可可妳剛說那話……不就是立FLAG嗎！」

現在旗子真的插好插滿，有東西跳下來了啊！

「我也不是……故意的。」蔚可可說得格外心虛，要怪只能怪她那顆看了一堆恐怖片的腦子，「我待會會努力住腦的嗚嗚。」

第二波震晃很快來臨。

電梯再次不穩地晃動。

在電梯內無法看見外邊景象，可從劇烈的力道判斷，不難想像蹲在電梯上的存在力氣有多大，才能像抓著玩具般抓著鋼索，讓電梯左右大力搖晃。

所有人險些站不穩，在梯廂裡東倒西歪。

下一瞬，代表著暴力的「磅磅」聲落入眾人耳內。

外面的東西正重重搥打著電梯，像是要擊破那層阻礙的金屬。

電梯裡的燈不穩地閃爍幾下，忽明忽暗的燈光壓迫著眾人的神經。

似乎發現難以突破金屬壁，外面的東西重新搖晃起電梯。

柯維安幾人心頭發緊，若再任憑對方爲所欲爲，整台電梯都可能受到破壞。

一旦電梯往下掉，他們也會摔下去的。

柯維安心一橫，沒有按下開門鍵，而是按下最頂樓的數字鍵。

靜止的電梯啓動了，數字立刻往上攀升。

從原先的六樓變成七樓、八樓、九樓、十樓、十一樓、十二樓——

在即將抵達頂層十三樓時，電梯就像遇到一層阻力，速度遲滯片刻。

但沒一會兒，電梯又繼續順利上升。

隔著金屬板，一陣令人心理本能不適的聲響隱約傳來。

接著電梯穩穩停靠在十三樓。

確認上方再也沒有絲毫動靜，眾人懸著的一顆心落回原位。

不管待在電梯井的是什麼，現在都變成一灘餅了。

叮！

宣告目標樓層抵達的聲音響起。

閉攏的電梯門緩緩開啓，露出向前延伸的灰綠色走廊。

幸運的是，前方並沒有任何詭異怪物蹲守。

雖然電梯內的空間是安全的，能夠阻擋怪物入侵，可假如像剛才一樣，又有不明東西意圖從電梯井展開破壞……

若電梯墜落，等著他們的便是非死即傷，還是重傷的下場。

從這方面來看，他們也不能一直待在電梯裡。

眾人不敢逗留，跑出電梯外。

「先找看看哪間房間沒鎖吧。」柯維安提議。

之前找來的防身武器為了對付怪物，都被他們丟出去了，如今得趕緊再尋找一波新武器。

不然他們就得赤手空拳地面對怪物了。

柯維安他們這回運氣不算好。

這條走廊的頭到尾，兩側客房都是由內上鎖，無法進入。

偏偏他們也不能強行破壞門鎖，否則房間就失去了上鎖功能。

只有上鎖的房間是安全的，就跟電梯裡一樣安全，能夠防止怪物入侵。

「可惡，運氣也太差了吧，房間全都鎖上！」一路檢查到走廊尾端，柯維安氣呼呼地抱怨著。

「說到運氣。」項冬突然開口。

「要是小朋友在的話就簡單多了。」項溪就像知道自己的兄弟要說什麼，流暢地把話接下去，「他運氣可是超好。」

「小朋友？是說你們親戚的小孩嗎？」趙天昊困惑地問，隨即一臉不贊同的神色，「這種地方可不適合小孩子，太危險了。」

「要是變成小孩子就能離開這裡，嗚嗚，我願意變啊！」蔚可可不切實際地期望著。

柯維安則是對這話題產生莫大興趣，一個箭步擠到項冬他們身邊，眼神異常灼亮。

「什麼什麼？我聽到『小朋友』三個字了！」

項冬、項溪不由自主地後退一步。

他們也說不上爲什麼，直覺驅使他們這麼做了。

總覺得柯維安現在的眼神就像狩獵的野獸，恨不得撲向獵物。

趁著還有短暫的喘息時間，柯維安迫不及待地連連追問。

「小朋友幾歲了？五歲以下嗎？如果三歲就更好了！有照片嗎？有影片嗎？」

「小安你冷靜一點，你這樣會嚇到別人！」蔚可可連忙拉住柯維安的手臂，免得對方眞像掙脫牢籠的猛獸，直追著雙胞胎討要照片跟影片，「人可以變性，不可以變態！」

趙天昊無語……一般來說，人也不會隨便變性吧。

看著幾位大學生、高中生，趙天昊深深感受到何謂代溝。

「什麼變態？我這明明是紳士！」柯維安拒絕被貼上負面標籤，「我只是很紳士地跟項冬、項溪要小天使的照片和影片而已。」

小天使又是什麼鬼東西？項家兄弟不約而同再往後退一步。

「小朋友只是暱稱，不是真的小朋友。」擔心柯維安真的會撲過來，項冬飛快解釋。柯維安露骨地流露濃濃失望。

「是我們學弟，也是我們雇主的兒子。」項溪解釋得更仔細，務必讓柯維安明白話中主角不是五歲也不是三歲，「他運氣一向好到爆炸。」

「喔。」柯維安冷漠地敷衍一句，他對過保鮮期的人類完全不感興趣。可接著又想起什麼，興致勃勃地追問，「那有貨眞價實的五歲……」

「啊！既然他運氣那麼好，就更不可能出現在這了吧。」蔚可可強行打斷柯維安未完的話，以免同行的三人眞的要用看變態的目光看他了。

項冬、項溪遺憾地大嘆一口氣，不得不承認蔚可可說的很對。

這條走廊的客房全都上鎖，眾人只好轉移陣地，到另一條走廊尋找未上鎖的房間。

才剛走幾步，身後驟然冒出小動物的叫聲。

吱吱。

蔚可可的表情變得僵硬，不敢回過頭，「這個聽起來有點像老鼠……是我的錯覺吧，求求告訴我是！」

身為如花似玉的美少女，她對蟑螂、老鼠、毛毛蟲一類的存在全都怕得不行。

「是錯覺吧。」柯維安回頭替她確認，沒看到老鼠的蹤影，「後面啥都沒。而且這裡再怎麼說都是溫泉大飯店，清潔肯定有到位，就算有怪物，也不太可能有……呃……」

柯維安說到一半不禁停頓。

都能有離譜的怪物了，相較之下，跑出老鼠似乎稱得上再正常不過啊。

「我們快走吧！」蔚可可催促大夥，一心想盡快離開這裡，就怕真的有老鼠從哪個角落竄出來。

彷彿讀到她畏怕的心思，吱吱聲叫得更頻密。

吱吱吱吱吱！

蔚可可白著臉，緊拽柯維安的手要直衝到下一轉角。

柯維安仍扭著頭，想弄清楚聲音來源。

要是叫聲是來自怪物，他們也才能第一時間做出反應。

一抹橘色從靠近電梯方向的轉角冒出來。

赫然是一顆橘色貓貓頭。

「有貓！」柯維安驚訝地嚷。

這一喊，所有人都往後看。

「呀！是貓貓！」蔚可可的心情瞬間從陰轉晴。

她忍不住蹲下身，對著那隻可愛的橘色貓咪招手，嘴裡發出一些意義不明的音節。

總之在試圖勾引小貓咪過來就是了。

小貓咪的確被成功引誘出來，但蔚可可慈愛的表情也隨之僵硬。

她煞白一張臉，驚悚像電流竄上她的背脊，讓她原地跳起，想也不想便躲到柯維安身後。

「我操！那什麼！」趙天昊不自覺爆出一聲髒話。

有著橘色貓貓頭的，不是一隻貓。

起碼絕不是柯維安他們認知中的貓。

它的體型就跟普通成貓差不多，然而它的身體，應該是橘色的身體……是灰色的。

如果光是如此，並不會讓蔚可可等人大感悚然。

畢竟橘和灰的組合，最多只是被當成一隻混色貓。

但完全進入五人視野中的那隻貓……卻有著屬於老鼠的身軀。

灰黑色的身子肥壯，表面有參差不齊的禿斑；細長偏尖的尾巴拖在後頭，四隻爪子在地毯上扒動，發出細碎的沙沙聲。

「吱吱。」貓頭張嘴又喊了幾聲。

接下來柯維安他們就聽到更多的吱吱聲像回應般響起，一波接著一波，有如湧動的浪潮。

更多的「貓」從左右兩邊的轉角後出現了。

「噫呀！」蔚可可頭皮快要炸開，口中逸出驚恐至極的悲鳴。

縱使先前才見識過多種怪異的怪物，可眼下這些「貓」，讓人打從心底感到嚴重不適。

普通的兩種生物融合在一起，就成了恐怖的獵奇。

面對那些貓首鼠身的怪物，不須多說什麼，大家拔腿就是朝前方狂奔。

「噫啊啊啊！呀啊啊啊！」要不是知道柯維安體力不夠好，蔚可可真想跳到他身上，讓他揹著自己跑。

太可怕了，真的太可怕了！

貓咪跟老鼠融合在一起根本嚇死人！

她寧願再看到蜘蛛男人或是那些長手黑影，也不想面對這些駭人小動物。

「叫它們『貓鼠』？」項冬抽空發問。

「還是『鼠貓』？」項溪提出相反意見。

趙天昊、柯維安與蔚可可的內心在這一刻達成同步。

……誰管它叫什麼，不重要啦！

項冬、項溪飛也似地對視一眼，達成共識。

項冬拍板定案，「貓頭在前，叫貓鼠。」

「吱吱吱。」

「吱吱吱吱吱。」

被人類取了名字的貓鼠瘋狂吱吱叫，爪子不斷磨抓過地毯，如同一片橘灰海浪，窮追不捨。

吱吱聲、沙沙聲，交會在一起教人頭皮發麻，心驚膽跳。

五人卯足勁奔跑，分頭尋找著能夠進入的房間。

他們不停轉動門把，「咔咔」聲響不絕於耳。

「這間沒鎖！」趙天昊向眾人吼道：「快進來！」

蔚可可簡直要喜極而泣。

害怕讓腎上腺素爆發，她發揮出驚人的速度，一溜煙竄進房門大敞的房間裡。

柯維安等人接連進入。

趙天昊以最快速度用力關上門板、鎖上門。

當「砰」的一聲響起，門外也隨即傳來接二連三的衝撞。

即使無法看見門外情景，幾人也能想像無數貓鼠前仆後繼擁來，層層疊疊的樣子。

還能聽到爪子撓抓門板的聲響。

令人不安的響動持續好一會兒才完全消失。

不管是吱吱叫、爪子撓抓門扇，或是物體往前衝撞的動靜，全都歸於平靜。

守在門前的趙天昊大著膽子從貓眼向外看。

房門前的空地上，什麼也沒有。

那些密密麻麻、似乎要令人犯起密集恐懼的貓鼠們……消失了。

危機暫時解除，房內的幾人鬆口氣。

項冬、項溪在房裡亂轉，尋找適合大夥當武器的物品。

柯維安抹去額頭和後頸的汗水，一屁股坐在床上，還隨手拿起遙控器，打開電視。

本來全暗的螢幕亮起，跳出成片雪花雜訊。

黑白色在畫面上交錯閃動。

柯維安也不是真的想看電視。在這種得隨時逃命的情況下，哪可能如此放鬆。他只是看到遙控器就在手邊，習慣拿來用而已。

「小安，能不能把電視關掉？」蔚可可一聽到電視發出的沙沙聲，就會回想起方才被貓鼠狂追的場景。

感覺自己的ＰＴＳＤ都要發作了。

「啊好……」柯維安正要按下電源鍵，電視畫面猝然發生變化。

黑白色褪去，鮮明的色彩湧上，構成新的影像。

本來站在旁邊的紫髮雙胞胎面露迫切地圍在電視前面。

「這地方居然還有節目能播？讓我瞧瞧是什麼……」蔚可可瞄到異於黑白的畫面，好奇湊近，下一瞬表情轉爲瞠目結舌。

液晶螢幕裡放映的是一間客房內的影像。

房間裡待著三個人，兩名大學生和一名國中生。

乍看像是實境節目，但出現在電視上的三人，卻讓柯維安、蔚可可與項家雙胞胎接連失聲大叫。

「小白？」

「老哥！」

「小朋友⁉」

在怪物層出不窮的詭異地方見到熟人。

柯維安他們的第一個感覺是不敢置信。

第二個感覺是更加不敢置信。

柯維安震驚極了，雖然他有向一刻發出求救訊息，但沒想到對方這麼快就能到達□□溫泉大飯店。

電視裡的房間布置與他們目前所待的客房一模一樣，一刻他們肯定也在溫泉飯店裡。

蔚可可則是比柯維安還要震驚，還一副大受打擊的表情。

好似下一秒就能眼一閉，身子一軟地暈厥過去。

「救命啊！」蔚可可欲哭無淚地看著螢幕裡的蔚商白，「爲什麼連我哥都來了？」

她知道柯維安有向一刻求救，但她沒想到連她哥都一塊來了。

與其說老哥是來救她，不如說更像是專程過來打死她的。

「小白和妳哥一起行動很正常，但這個小朋友又是……」柯維安湊在電視前，指著畫面裡的紫髮男生。

他說出「小朋友」三個字後，驀地想到這稱呼好像不久前從項冬他們嘴裡聽過。

他轉頭看向雙胞胎，兩張一樣的臉孔上露出同樣的呆滯表情。

彷彿兩隻飽受驚嚇、一時無法反應過來的大貓。

柯維安問，「該不會……他就是你們提到的那位運氣超好的學弟？」

項冬說：「對，但我現在開始不確定他運氣好不好了。」

項溪說，「他居然也來了……雇主知道他跑來找我們，絕對會殺死我們。」

項溪揉了揉臉頰，對自己兄弟投去指責的眼神。

「都是你，你不傳地點給小朋友，他就不會跑來這裡了。」

「你也有傳地點，別以爲我不知道。」

「你這個蠢弟弟。」

「蠢弟弟是你才對，我是聰明的那個。」

「也就是說，三個人都是你們認識的？」忽略項冬、項溪的低齡爭吵，趙天昊吃驚地問道。

「對，是我們認識的人。」柯維安即刻拿出手機，試著想聯絡一刻。

手機依舊無訊號。

早先的微弱訊號彷如曇花一現，之後再也沒有出現過。

「手機打不出去的話，還有什麼……」柯維安環視房內一圈，目光落至床邊的座機。

他上前拿起話筒，驚喜地發現傳出的是正常聲音。

「可可，快看看能不能找出他們是在幾號房！」

「欸欸？好，你等我一下。」

蔚可可拿起遙控，原本是按音量鍵，看能不能聽見一刻等人的聲音。

但一時心急，錯手按到上面的方向鍵，居然能夠調整畫面距離，將之放大或縮小。

蔚可可快速掃視畫面各處，試圖找出能辨認房間號碼的蛛絲馬跡。

結果還真的被她找到了。

擱在桌上的鑰匙，刻著一串金色數字。

蔚可可放大畫面，「707！我哥他們的房號是707！」

柯維安按下數字，祈求室內電話可以順利打通。

鈴聲響了一會就停止，取而代之的是令柯維安幾乎熱淚盈眶的男聲。
他迫不及待地扯著嗓子大喊。
「小白！小白啊啊啊啊——」

感動的對話沒有維持太久就被迫中斷。
柯維安甚至無法理解中間究竟是發生了什麼事。
明明前面都好好的，怎麼忽然聽不見另一端的話聲？
「小白？小白？怎麼沒聲音了？」
「喂喂？小白？甜心？」
柯維安緊握話筒，心急如焚地大聲喊叫，可進入耳中的依舊是一片寂靜。
沒人回話。
柯維安的大叫就像落入不見底的深淵，連點迴響都沒有。
就連電視螢幕的客房影像也在這一秒中斷，變回閃動不斷的雜訊畫面。
沙沙聲中，穿插著從剛剛就強烈彰顯存在感的門鈴聲。

叮咚叮咚叮咚叮咚！

門外人像是不知疲倦，按鈴聲始終沒有中斷。

「外面會是誰？」蔚可可關掉電視，緊張地問，「不可能是我哥吧。」

「除非他會飛，不然不可能一下就從七樓來到十三樓。」柯維安把話筒放回去，迅速整理好心情。

雖然不知爲什麼聯絡不上一刻那邊，但已經知道他們在707房，只要想辦法下樓跟他們會合就好。

「我去看看。」趙天昊走近門前，正準備透過貓眼向外看，就被蔚可可喊停。

「等一下！先等一下！」蔚可可急匆匆跑去，手機開啓相機功能，把鏡頭貼至門上貓眼前，「貓眼也是鬼片、恐怖片常用的梗，通常靠過去就會發現有一隻眼睛也正盯著你，或是有利器突然戳進來。」

蔚可可提出的第二點可能讓趙天昊出了冷汗，硬生生收住腳步。

透過手機鏡頭，門外影像同步出現在螢幕上。

一名穿著暗紅制服的飯店工作人員站在外面，他的臉孔離貓眼很近，讓人第一眼先看到他的臉，接著才看到他的身影。

「是飯店的人？」趙天昊不確定地說著。

「是人耶！」蔚可可語氣帶著一絲恍惚，「正常的、沒有變形的人耶。」

「如果是眞的人……」柯維安舔舔嘴唇，腦中跑出各種陰謀論，「爲什麼知道這間房裡有人？他找上門又是要做什麼？」

現在無故跑出一個看起來再正常不過的人，反而令人感到懷疑。

「而且他門鈴按得也太頻繁了，有夠詭異的。」

不管外觀有多正常，那個工作人員做的事透露著異常。

「別再按門鈴啦！你有什麼事？」蔚可可乾脆揚高聲音。

叮咚聲驟然停止，工作人員終於放下手，「尊敬的客人您好，飯店如今面臨殺人魔的威脅，我負責疏散十三樓的房客，帶領各位貴賓前往安全的地方。」

在陌生地方碰上制服人員，多少會帶給人安心感，讓人不由自主地想要信服他說的話。

蔚可可的手放在門把上，不自覺地想要打開門。

門外工作人員的說法聽上去有理有據，與他們接到的那通室內電話也不衝突。

——如果非必要，請務必留在房間裡。

聽從工作人員的指示疏散肯定是必要的吧。

「你們覺得呢？」蔚可可心裡多少有些傾向出去，可也沒忘記徵詢同伴意見。

「先等等。」項冬從口袋拿出一小塊暗紅色的碎布，「那件制服的顏色……」

「這哪來的？」柯維安疑惑地問。

「跑給蜘蛛男人追的時候，順便撿起來的。」項冬伸出另一隻手，把手機螢幕畫面放大，工作人員的身影也跟著變大。

他拿出來的碎布顏色還有花紋，就跟工作人員身上的制服一模一樣。

包括布料質感看起來也差不多。

「真的一樣！」趙天昊心頭一跳，一個毛骨悚然的猜想躍上，「是碰巧嗎？還是這裡的工作人員其實都……」

他話沒說完，但所有人都能領悟他的意思。

倘若整間飯店的工作人員都會變成怪物，簡直就是地獄級的惡夢。

這種溫泉大飯店，員工數量絕對只多不少。

像被直潑一盆冰水，蔚可可一個激靈，瞬時收回放在門把上的手，想外出的念頭也被徹底打消。

「不用了，我們門有鎖好，殺人魔不可能闖進來！」蔚可可急急高聲說，「我們等警察抓到殺人魔後再出去就行！」

手機裡的工作人員往後退幾步，柯維安他們以為他要放棄離開了。

不料對方倏地拉長脖子。

「嘎啊！」蔚可可發出不成調的喊聲，俏臉刷白，幾乎拿不穩手機。

那截脖子，是眞的拉長長長長。

工作人員的脖子如同可塑性極佳的麵團，拔高到半空中，接著又往下彎折一個大弧度，把臉再度湊近貓眼。

「請客人立刻離開房間，請客人立刻離開房間。把門打開，把門打開，現在就把門打開開開開開！」

工作人員發出尖銳的叫喊，頭開始朝著門板上撞。

咚咚咚！

「把門打開！」

咚咚咚！

「把門打開！」

在吵雜刺耳的雙重聲響中，柯維安心焦地衝回座機旁邊，想要再試著打給707。

必須要警告小白他們……

當心飯店的工作人員！

第三章

驟然失去與柯維安那邊的聯繫，一刻三人立刻採取行動，在房間四下尋找著能夠作爲武器防身的物品。

他們打算直接到十三樓找人。

照柯維安所說，外面還有所謂的怪物在遊蕩，再加上可能存在的殺人魔……

他們若是手無寸鐵就跑出去，簡直是送人頭。

一刻和蔚商白採取暴力手段，一個拆了衣櫃裡的晾衣桿，一個拆了浴室掛著門簾的桿子。

毛茅則是拿起浴衣腰帶，將它纏捲成一束，讓它變得像條鞭子。

他揮甩幾下，將腰帶甩得虎虎生風，這令他頗爲滿意地點點頭。

毛茅熟練的動作就像平時沒少用過。

一刻還眞難想像什麼場合會用到鞭子，只能推論這大概是個人愛好。

武器有了，接下來是離開房間。

一刻和蔚商白只拿了重要物品帶身上，包包留在房間裡。

毛茅則是毫無猶豫地把整個包都揹上，任何一包洋芋片都不該被放棄。

一刻透過貓眼觀察外面，視野所及的走廊上都沒發現異樣。

三人沒有一絲耽擱地跑出房間，迎接他們的是一條空蕩蕩的走廊。

沒有怪物，也沒有殺人魔。

同樣不見其餘房客或飯店工作人員。

一刻他們選擇搭電梯直達十三樓。

就如柯維安和電話語音提及的，電梯確實是安全的。

他們暢通無阻地到達飯店的最頂層。

牆壁上標示著房號的相對位置，1302就在左側走廊。

灰綠色的地毯往前延伸，上方是明亮的照明，兩側則是一間間房門緊閉的客房。

1302房位在這條走道的最底端。

擔心柯維安他們的安危，一刻等人加快腳下速度。

柔軟的灰綠色地毯吸收了大部分的聲音，可走廊間依舊能聽到腳步聲不住迴盪。

不對，那不是他們的腳步聲！

一刻一凜，飛也似地回過頭。

另外兩人幾乎同時做出相同動作。

他們的身後尾隨著一名男性，穿著代表飯店員工的暗紅制服。

一刻他們記得很清楚，飯店櫃台的接待人員身穿藍色制服，其餘工作人員則是暗紅色。

見到工作人員出現，通常會讓人增加安心感。

對方身上的制服更能帶給人滿滿信賴。

然而一刻他們也沒忘記一樓大廳的異狀，還有出現在他們房間裡的種種古怪跡象。

發覺到一刻幾人轉頭緊盯自己不放，工作人員頓了下步伐，朝一刻他們點頭致意。

他的舉止看起來很正常，但三人的警戒心沒有因此放下。

他們加快腳下速度，朝著目的地前進，同時也沒忘留神身後動靜。

眼看距離1302房剩下不到十幾公尺，走廊底端的轉角後倏地閃出一道暗紅身影。

又是一名飯店工作人員。

飯店裡有員工走動不是奇怪的事。

但面前的那人卻有一張似曾相識的面孔，一刻總覺得好像在哪見過。

「他跟後面的人長得一模一樣。」蔚商白知道自己這個朋友不太會認人，低聲告訴他答案。

一刻一愣，反射性再扭頭看向身後。

確實就如蔚商白所說，這兩個工作人員簡直如一個模子印出來的。

也不知道是不是一刻再度回頭的動作刺激到工作人員，後者的速度猛然加快。

與此同時，前方的工作人員也展開疾走，一下就越過1302房，向一刻他們持續逼近。

簡直像打算將三人包夾在走道中間。

不管前面或後面的工作人員都露出古怪的笑容。

兩抹笑容的弧度宛如複製貼上。

「我操！」一刻握緊晾衣桿，有眼睛的人都看得出不對勁。

那兩個工作人員越走越快。

原本偏中等的體格也在行走間出現異變。

他們……不，或許該說它們了。

兩人的身體就像吹氣球般急速脹大，一轉眼就把走廊塞住了。

不管一刻他們想往前還是往後，都被阻斷去路。

工作人員的外觀如同一顆畸形的梨子，下半身格外肥胖腫脹。

身上的肉因擠壓變得層層疊疊，有些垂墜至地，猶如拖著大顆肉瘤。

它們的腦袋直抵天花板，臉部的肥肉也跟著垂垮下來，嘴角往兩側拉開、直至耳際，弧度再也沒有變過。

工作人員的速度雖然大幅減慢，可仍然鍥而不捨地往一刻他們的方向靠近。

「噁！」驚悚的景象讓毛茅都起雞皮疙瘩。

一刻的反應比他更直接凶暴，「幹幹幹！這三小！」

過度肥胖的畸形身軀讓工作人員無法正常走路，它們就像大型蝸牛，慢吞吞地在地面蠕動前行。

一刻自認見過許多匪夷所思的人事物，可眼前的這一幕，讓他的大腦不禁也空白好幾秒。

「這就是柯維安說的怪物？」蔚商白肌肉繃起，蓄足力道，瞬間將手中的桿子對準一個工作人員的眼睛投擲出去。

白色的塑膠桿宛如標槍，精準又疾速地直中目標。

「好耶！」毛茅忍不住歡呼。

可下一瞬，三人神情頓變。

工作人員的眼睛確實被刺穿了，桿子起碼有一半沒入至眼窩深處，可它的眼周肌肉卻出現古怪的蠕動。

肉色像浪潮湧動，轉眼就把那根桿子吞吃進去，讓它成爲體內的一部分。

工作人員看上去毫髮無傷，沒有停下逼近的步伐。

縱使它們前進速度緩慢，可如果再不想出一點辦法，就只能等著成爲它們的甕中之鱉。

1302房現在過不去，單純的物理攻擊也無法對怪物造成傷害。

爲今之計……

1312
1306
THE STORY
OF
GOD'S AGENTS

「快找房間躲進去！」一刻當機立斷喝道。

三人利用工作人員的慢動作，急切跑向不同的房間。

一刻和蔚商白轉動門把，馬上感受到阻礙，房門是上鎖的。

毛茅那邊則是一轉就開，「宮大哥、蔚大哥，這裡！」

待一刻與蔚商白衝進房內，毛茅馬上俐落關門、上鎖。

一刻拖了張椅子過來，擋在門板前，用來充當障礙物。

「我們進來這間是幾號房？」一刻注意到這間客房內有陽台，推開落地窗，走至陽台上觀看四周。

「1306房。」毛茅在推開門時有順勢瞄過一眼，記得很清楚。

「1306……」一刻思索，「和1302是同一側。」

「你想從陽台過去？」蔚商白也向外看。

客房之間的陽台相隔不會太遠，只要能克服懼高，用力一跳就能跳過去。

藉由陽台不但能避開怪物，也能順利到達柯維安他們所在的1302房。

「啊。」一刻確信自己和蔚商白能夠辦到，但不曉得毛茅的身手如何，「毛茅你等我先跳過去，再拉你過去。」

「好喔。」毛茅乖巧點頭

達成共識，三人果決行動。

一刻最先過去，負責接應排中間順序的毛茅。

等毛茅順利跳到隔壁的陽台，蔚商白展現了何謂腿長的優勢。

他幾乎像是一個大跨步，就來到隔壁陽台上。

三人依照這模式，迅速來到屬於1302房的陽台。及地的遮光長簾拉起，看不見房內景象。

落地窗從內鎖上，一刻敲敲玻璃，「柯維安?蔚可可?」

房內聽起來靜悄悄的，沒有傳出丁點人聲。

一刻浮出一個不妙的預感，轉頭對毛茅說，「你手上拿的借我一下。」

一刻將浴衣腰帶恢復原樣，再纏上自己的手臂。

待包得厚厚一層，便二話不說猛力擊碎玻璃一角，伸手探進缺口，打開落地窗的旋轉鎖。

即使做好心理準備，可當窗簾被一把掀開，目睹的光景仍讓一刻他們心下一個咯噔。

——1302房裡空無一人。

走進1302房裡，房間布置整潔，看不出任何騷動痕跡，床鋪上的棉被更是整整齊齊。彷彿一間等待客人入住的空房。

「柯維安？蔚可可？」即便沒看到人，一刻還是嘗試性地呼喚一聲。

「學長？東邊學長？西邊學長？」毛茅也加入呼喊的行列。

依照他對兩位學長的了解，聽到自己的名字被開玩笑，他們會馬上嚴正表達抗議。如今沒人回應，就表示他們真的不在這個空間。

蔚商白大步走至房門前，他原本是想朝外看，確認他們有沒有走錯房。

飯店的客房分布是奇偶數各踞走廊一側。

從貓眼看出去，對面是1301房，代表他們沒走錯。

緊接著蔚商白察覺到一件匪夷所思的事，他垂下眼，注視著門鎖位置。

……房間門，是上鎖的。

假如柯維安他們因故不得不逃離1302房，還有必要反鎖這間房嗎？

「一刻。」蔚商白喊了一聲，「門鎖著。」

「鎖著怎麼……」一刻問句中斷，眼神倏地變得凌厲，顯然也意識到不合理之處。

毛茅正要開口，突然與一刻他們做出相同動作。

——三人齊齊轉過頭，目光銳利地盯住浴室。

浴室的門緊閉，可就在上一秒，裡頭傳來了東西掉落的聲音。

聲響不大，但足以讓三人聽得一清二楚。

他們交換一記眼神，由一刻厲聲喝道。

「誰在裡面！」

沒人出聲回應，可三人都敏銳地捕捉到一聲小小的抽氣。

眞的有人躲在浴室裡。

一刻和蔚商白互看一眼，轉開門把，接著抬腿粗暴地把門向內踹開。

「呀啊啊啊！」飽受驚嚇的女性叫聲傳出，緊接著變成更高分貝的大叫。

同時還有嘩啦水聲響起。

水聲很快停止。

一刻他們馬上就猜出是躲在浴室裡的人太過慌張，撞到了蓮蓬頭的開關。

但即使製造那麼大的動靜，那人依舊躲著不肯出來。

毛茅就站在浴室門口旁，從他的角度可以看見拉起的浴簾後有道蜷縮人影。

他以口形向一刻示意，表示人躲在浴缸裡。

映在簾子上的影子看起來是人，但剛才一刻他們也見過飯店人員大變怪物的光景，沒有因此放下警戒。

「不出來老子就不客氣了！」一刻凶狠警告，手上的晾衣桿握得死緊。

只要發現情況有異，就會不假思索地展開攻擊。

沒一會兒，浴室裡便傳出浴簾被拉開的聲音。

一名二十多歲的長髮女子害怕地從浴簾後探出頭，視線在觸及門口的毛茅時，眼中的驚恐減少了幾分。

「你們……你們是人吧？」吳曉潔的頭髮和上衣是半濕的，她緊張地吞吞口水，一手緊揪著浴簾一角，彷彿這樣做能帶給她安全感，「是真的人吧？」

即使她心裡明白，這層薄薄的塑膠布根本無法起到保護作用。

可人總會有種心態，好像只要能遮住自己，就能阻擋來自外界的危險。

一聽對方這麼問，毛茅立刻揚起甜甜的笑臉。

「我們是人喔，我們在找跟我們失散的朋友。姊姊妳呢？妳怎麼會躲在浴室裡？」

「我是為了躲怪物……」吳曉潔忍不住向毛茅傾訴，說到怪物時，臉上再度浮現驚懼神色，「這裡有怪物，眞的！我沒騙你們！」

「我相信姊姊喔。」毛茅安撫道：「我們在半路也是碰到怪物，才會躲進這間房裡。」

聽見毛茅他們與自己有相同遭遇，吳曉潔總算放下戒心，願意從浴缸踏出來。

只是等她走出浴室和一刻、蔚商白面對面，差點又想退回去。

和外貌稚氣可愛的毛茅相比，一刻給人的壓迫感強上許多。

尤其板著臉的時候更顯凶惡，讓人下意識想退避三舍。

加上他先前粗暴的踹門舉動，吳曉潔甚至不太敢與他對上目光。

一刻掃了吳曉潔一眼，視線觸及她的上衣，那是件前黑後白的短袖。

透過牆上的穿衣鏡，可以看見上衣背面因吸水變得有些透明，透出底下的肌膚和數字刺青。

「穿著。」一刻脫下外套，無預警扔給吳曉潔。

吳曉潔手忙腳亂地接住，像是這時才驚覺自己身上帶著冷意。她打了一個大噴嚏，猶豫一會，還是將外套穿上。

「只有妳一個人？」一刻問道。

「對，只有我一個。」吳曉潔小聲說。

「一直都是妳一人在這？」一刻的眉毛像要打結，這讓他的表情變得更凶狠。

「一直都只有我。」吳曉潔不明白一刻問題的用意，戰戰兢兢地回答。

吳曉潔的回話讓一刻心一沉。

倘若吳曉潔沒說謊，那柯維安他們是到哪去了？

他們總不可能平空從1302房消失。

「你怎麼看？」一刻低聲和蔚商白交談。

「我是不是說錯話了？」兩人嚴肅的臉色讓吳曉潔不禁更加緊張，手腳都不太曉得該怎麼放。

「宮大哥他們只是在討論事情而已，姊姊妳不用擔心。」毛茅從包裡隨手摸了一包洋芋片出來，「姊姊要吃洋芋片嗎？」

「檸檬紅茶口味？洋芋片什麼時候出了這麼奇妙的口味？」吳曉潔頓時被轉移了注意力。

聽著毛茅興致勃勃地介紹起其他口味的洋芋片，那顆七上八下的心也漸漸歸了位。之後再面對一刻他們，吳曉潔也不再一副隨時會被嚇得跳起的樣子。

吳曉潔與一刻幾人交換了名字，知道他們爲了找朋友來到這裡，結果卻碰上怪物。她也說起自己的事，回想起先前的經歷，難掩一臉驚魂未定。

「我本來和我男朋友在一起，我們是來這度假的……後來我遇上飯店工作人員變成的怪物，才會躲進這間房間。我有接到電話，電話說上鎖的房間是安全的，所以我才……」

「妳男友呢？」一刻注意到吳曉潔的後段描述少了男朋友。

他猜想對方會不會已經遇難，可吳曉潔的反應卻不是悲傷難過。

相反地，她像是想起什麼，臉上血色驟然盡失。

「他……他和我一起逃跑的時候，突然像變了一個人……」

一刻他們不明白這是什麼意思。

緊接著，就聽到吳曉潔哽咽又激動地喊：

「他想殺我……他想殺了我！」

吳曉潔完全不明白事情怎會變成這樣。

好不容易排到假期，她和男友明明是興高采烈地一起來溫泉飯店度假，誰知道竟會碰上一連串駭人聽聞的變故。

怪物無故出現，逼得他們開始逃亡

「那個人……那個工作人員……」吳曉潔抱著自己，彷彿想藉由這個舉動尋求支撐，「他突然像吹氣球一樣脹大，身上的肉一層一層的……」

她描述的怪物模樣和一刻他們在走廊上碰到的那兩個差不多。

「我和天昊……我男友叫趙天昊，我們被那個怪物逼得躲進電梯裡。可是本來一直保護我的天昊卻忽然……忽然掐住我的脖子……」吳曉潔摸上頸側，神情惶然。

她撩開垂在肩前的長髮，一刻他們登時看見對方脖子留有明顯的指印，足以看出施暴者的力氣有多大。

「姊姊，妳的男朋友爲什麼會忽然對妳動手？」毛茅問道。

「我不知道，我不知道他到底發生什麼事了……」吳曉潔惶恐地說，「等我回過神已經把他甩掉了……後來又碰上之前那種怪物，才會躲到這間房。」

「妳躲在這裡多久了？」蔚商白又問。

自家妹妹和柯維安他們不可能平空蒸發，最合理的是在吳曉潔躲進來之前，他們就因故先離開1302房。

吳曉潔說，「我不太確定，二、三十分鐘應該有。」

這個回答讓一刻他們像是被潑了一盆冷水。

從柯維安的電話中斷到他們趕至1302房，中間絕對沒有超過十五分鐘。

可按照吳曉潔的說法，更早之前她就待在這裡，房裡除了她再無別人。

「這也太他媽詭異了。」一刻心頭亂糟糟的，不明白中間到底出了什麼差錯。

「也不合邏輯。」蔚商白環視房內一圈，看不出這裡有哪邊異常，能讓本該待在這裡的人平空消失，「如果可可在這裡，依她智商堪憂……奇妙的腦袋，大概會嚷嚷說這裡存在有兩間1302房吧。」

一刻沉默一下，「……你剛是說你妹蠢吧。」

蔚商白說，「不，我是說她智商有限。」

一刻吐槽：「聽起來還不是一樣。」

「所以眞的會有兩間一樣房號的房間嗎？」毛茅被勾起好奇心，「還是說我學長他們待的其實不是1302房，是他們記錯了？」

「記錯的機率非常低，柯維安當時說他是在電話上看到房號。」蔚商白冷靜指出事實，「除非他們電話上的房號標錯。」

「這機率就更他媽低了……」一刻鬱悶地吐出一口氣，一時還眞不知該怎麼辦。

以爲能找到玩遊戲玩到把自己搞丟的那兩個笨蛋，結果卻在這裡碰上一個陌生女人。

現在要怎麼去找出柯維安他們？

手機不能用，室內電話能用，但前提得知道他們在哪間客房。

電光石火間，一刻猛地想起柯維安得知他們房號的辦法。

電視！

柯維安他們是從電視上看到的！

「蔚商白，遙控器！」一刻連忙往蔚商白喊道。

蔚商白心領神會，迅速找出電視遙控器，打開懸掛在牆壁上的液晶螢幕。

全黑螢幕亮起，先是跳出黑白色的雪花雜訊畫面。

幾秒過後，電視畫面恢復正常，出現鮮明多樣的顏色。

「這什麼節目？」吳曉潔困惑地看著電視上的影像，「看起來好像旅館房間……」

一刻他們沒有回答吳曉潔的問題，三人視線牢牢黏在電視上。

畫面裡是三人待在一處旅館房間裡，其中一人的紫頭髮特別醒目，劉海處還有一絡白色挑染。

「項冬學長！」毛茅一眼就認出來了，「項溪學長呢？還有另外兩人是……」

「柯維安和蔚可可。」一刻像是為毛茅解惑，也可能是他自言自語。

「是你們認識的人？他們為什麼會上節目……」吳曉潔的音量不自覺越來越小，她慢了幾拍才意識到，電視裡出現的房間，和他們此時待的這一間在布置上如出一轍。

電視上的房間這時又多出兩人。

他們是從走道那方向走過來。

一人同樣有著鮮艷搶眼的紫頭髮；一人身材高壯，頭髮修剪得極短，像是刺蝟般。

吳曉潔衝到電視前，不敢置信地指著畫面中的一人，「天昊！是天昊！」

她絕對不會認錯，那就是她的男朋友。

一刻霍地想起柯維安曾提過他們同行人中有一人姓趙。

趙。

趙天昊。

攻擊吳曉潔、中途又失散的男友，居然在柯維安他們那邊。

雖說聽不見聲音，但從畫面上來看，趙天昊態度沉著，沒有任何異常舉止。

與吳曉潔形容的判若兩人。

「爲什麼電視上會出現這個？天昊爲什麼也在裡面？」吳曉潔茫然不解地問，「而且他還和你們認識的人在一起……」

「我不知道，但妳的男朋友看起來很正常。」蔚商白平淡地點出自己所見。

「你難道覺得我在騙你們嗎？我沒有說謊，是眞的！他眞的想殺了我！」感覺自己受到質疑，吳曉潔的語氣不禁變得惱怒，「他當時也是很正常，可是突然就……」

下一瞬，電視畫面裡的趙天昊倏地轉過頭。

這動作嚇得吳曉潔向後退了好幾大步，以爲趙天昊發現了她。

但趙天昊只是轉頭與柯維安他們說話。

「我找到房號了！電話上果然有，學長他們待的房間是……」毛茅的驚喜叫喊驀然又變得遲疑，「1302？」

一刻問，「你說多少？」

毛茅說，「1302。」

毛茅的手指按在畫面其中一點，那裡正是座機的位置。

他先前發現遙控器的按鈕能調整畫面大小，將欲展示給一刻他們看的畫面放大。

電話上，正貼著1302的標籤。

第四章

一間飯店裡，會出現兩間一樣房號的房間嗎？

一般來說這是不可能的。

飯店絕不會發生這樣的失誤。

偏偏一刻他們碰上了。

目前在1302房的他們，碰不上現在同樣也在1302房的柯維安等人。

這種只會出現在蔚可可天馬行空幻想裡的可能性，竟然成眞了。

蔚商白推了下鏡架，「我收回前面的話，可可的智商也沒那麼令人操心。」

一刻無語，「你這話聽起來實在不像讚美。」

「這究竟是怎麼回事？」吳曉潔來回看著電視與一刻等人，如墜五里霧中，「你們知道他們會出現在電視裡？他們爲什麼會在電視裡？」

一刻懶得解釋，一個跨步來到房裡的座機前，上頭同樣貼著1302的標籤。

他拿起話筒，手指用力按下一串數字鍵。

「你想打給他們？」蔚商白猜出一刻的想法。

「試試。」一刻簡潔有力地說。

管他為什麼會同時有兩間1302房，電話打下去，就知道能不能打到另一間了。

當一刻聽見話筒傳出第一聲鈴響時，便看見電視上的幾人像察覺到什麼，齊刷刷地看向同一方向。

隨後是柯維安衝向床頭，以猛烈的動作抄起話筒。

激動的喊聲貫穿一刻耳膜。

「喂喂喂？是小白嗎？拜託告訴我是你啊小白！」

「白你老木啊！你吵死了！」一刻把話筒拿離耳邊，開啓擴音，「你怎麼知道是我打來的？」

「啊？我當然不知道啊！」柯維安喊得理直氣壯，「先喊先贏，喊錯就掛斷！事實證明我猜對了。」

一刻：「……」

還先喊先贏咧，這又不是什麼比賽。

「你們沒事吧？」為了避免柯維安廢話太多，一刻直截了當地問，「剛聽到的門鈴聲是怎麼回事？」

「甜心、親愛的，我跟你們說……」柯維安總喜歡用暱稱胡亂喊一刻一通。一刻額角青筋浮現，但欠揍的人不在眼前，也只能先忍了。

彷彿隔空感受到一刻堆積的怒焰，柯維安飛也似地切入重點。

「工作人員，小心飯店的工作人員！他們可能都會變怪物，我們剛就碰到了！有個工作人員在我們門外狂按門鈴，說出來你一定不敢相信，他……」

「他脖子拉得好長！」搶著說話的是另一道女聲。

蔚商白一聽就認出是自己妹妹，「可可。」

「噫！」對面立刻像老鼠碰到貓一樣，驚叫一聲霎時沒了聲音。

「對，那個人的脖子突然拉得超級長。」柯維安無縫接軌地把話接了下去，「整個人還變得像紙片一樣薄，就堵在我們門口。」

「它現在還在門外？」

「沒喔沒喔，因爲它變得跟紙一樣薄，可可就猜會不會也變得像紙一樣易燃。」

「別跟我說你們是……」

「冤枉喔，小白！我啥都沒做，是項冬、項溪放火燒怪物的。」

「等等，你們哪來的火？」

「身爲一個打工人，身上帶個打火機是很正常的。」回答的是項冬。

「再順便借用房裡的除臭劑也很正常。」再來是項溪，「就從門縫噴很多下。」

一刻不解，「什麼意思？」

蔚商白解答，「除臭劑充滿易燃氣體，應該不用我再深入解釋了。」

有了項家兄弟的補充，再來發生什麼事，一刻幾人都猜得出來。

紙片人怪物如今不在門外，代表著柯維安他們成功以火擊退，或者一舉消滅對方。

「所以我們的小朋友在那邊還好嗎？」項冬可不敢忘記這件最重要的事，「請先替我們好好保護他。附帶一提，帶著他好運會加乘的，請千萬別丟下他。」

若毛茅少根寒毛，他們兄弟倆就等著被雇主削了。

——物理意義上的削。

「對了小白，你們有碰到一個叫吳曉潔的女生嗎？她是趙大哥的女朋友，和他分散了，他一直在找她。」

發覺三道視線投向自己，吳曉潔臉色發白。

「不要提到我，拜託！」她拚命用氣聲請求著，深怕他們會讓另一端的趙天昊知道自己在這。

視線觸及吳曉潔脖子上的指印，一刻只對柯維安說，「我會再幫忙留意的。」

吳曉潔大大鬆口氣，露出感激的神色。

「曉潔留著過肩長髮，體型偏瘦，身高大約一百六。」又一道男聲傳來，「穿著前黑後白的上衣。」

這聲音對一刻他們而言全然陌生，對吳曉潔卻不是那麼一回事。

她瞠大眼，緊緊摀著嘴，不敢讓自己的聲音逸出，就怕被趙天昊聽見。

經過自己男友性格霍然大變，甚至想掐死自己的可怕遭遇，吳曉潔現在猶如驚弓之鳥。

下一刻，趙天昊說出的話讓吳曉潔如遭雷擊。

「如果你們有找到曉潔，請幫我多注意她。她精神不太穩定……可能會有自殘的舉動。」

吳曉潔死命搖著頭，本來被緊張佔據的眼裡流露憤怒。

她沒有，她才沒有！她才不會自殘！

電話很快又換回柯維安。

「小白你們現在在哪邊？還在707嗎？你們別動，我們馬上過去找你們。」

一刻深吸一口氣，「我們在1302。」

「喔你們在130……啥啥啥？1302!?」

柯維安高分貝的大叫響徹整個房間。

「哪個1302？□□溫泉大飯店的1302嗎？」

一刻回答，「對。」

「咦咦咦咦——」

任誰都能聽出柯維安陷入了混亂。

但好在柯維安和蔚可可都是腦洞比較大的人，片刻後就接受了事實。

還能迅速得出他們肯定是在不同空間的1302房這個結論。

「現在問題是怎麼會合？」一刻瞥望電視螢幕。

他沒忘記之前在707房，通話就是在電視畫面開始不穩時出了問題。

只能單方面聽見柯維安說話，他們這一方的聲音卻無法傳遞過去。

而等到電視完全變爲黑白雜訊，柯維安他們那一邊的通話也跟著中斷。

一刻不知道現在這通電話能夠維持多久，倘若中斷，下一次能打通又會是什麼時候。

一刻很篤定他們進來這飯店後，並沒做出什麼不尋常的行爲。

反倒是被成串怪事推著行動。

既然他們沒有，那麼就可能是柯維安他們做了什麼，才讓雙方身處不同空間。

「你們來這間飯店後還做了什麼？你們肯定有做了什麼吧，柯維安、蔚可可。」

「那個……」柯維安弱弱地說，「你忘了嗎？我們到這飯店裡，就是玩了那個……那個你知道名字的遊戲。」

簡直一語驚醒夢中人。

一刻瞳孔收縮，不敢相信自己疏忽這麼大一個盲點。

那個該死的電梯遊戲！

經過眾多怪事後，他們反而忘記最初來這的目的。

他們會跑來這間飯店找柯維安和蔚可可，就是因爲對方在這玩了電梯遊戲，之後傳來求救訊息。

也就是說，他們此時明明待在同一房間，卻又像身處不同空間，差別就在於——

一方玩了電梯遊戲，一方還沒有。

電視畫面倏地不穩，黑白色的雜訊開始入侵。

時間不多了。

「我們是搭中間電梯玩的！小白你們記得一定要搭中間電梯，我們在十樓會合……」

察覺到另一端乍然沒了聲音，有過一次經驗的柯維安馬上如連珠炮交代。

字字句句快如子彈射出。

「電梯遊戲有不同玩法，但搭電梯順序是同樣的，就是在五樓的時候記得不要——」

嘟嘟嘟！

代表通訊中斷的斷線音取代了柯維安的聲音。

電視上的影像已被黑白雜訊佔據。

一刻已先做好心理準備，面對另一端的失聯不再陷入慌亂。

他放下話筒，還沒開口，一旁的吳曉潔猝然爆發。

「我才沒有精神不穩！我也沒有自殘！都是天昊在胡說八道！」

吳曉潔氣得紅了眼眶，她不知道自己男友到底是什麼心態，爲何要造謠。

「精神出現不穩的是他，傷人的也是他……你們別相信他的話，我沒有騙你們。他一定有問題，你們不要被他的外表騙了，你們的朋友跟他在一起會很危險，說不定他會暗中……」

「夠了！」一刻凌厲的眼神震住吳曉潔。

她張著嘴巴，剩下的聲音哽在喉嚨裡出不來。

有了具體行動方針，一刻他們抓緊時間，熟練地翻找能用來防身的器具。

他們三人離開房間的意志堅定，但吳曉潔不想出去，她不想玩那個一聽就有古怪的電梯遊戲，更不想到房外冒險。

萬一再碰到怪物怎麼辦？萬一來不及躲進房間該怎麼辦？

可是她也不想被孤伶伶地留下。

見一刻他們絲毫沒有留下誰陪伴自己的打算，吳曉潔咬咬牙，只好跟在後面。

確認房外怪物消失，一刻幾人即刻朝著電梯的方向全速奔跑。

他們繞過轉角，霧銀的三台電梯矗立在最前方。

中間電梯是他們搭上樓的那台，現在就停靠在十三樓。

按鍵按下，電梯門徐徐滑開，露出其後的梯廂空間。

他們跑過了縱橫兩條走廊的交會處。

突兀的黑影出現在眼角餘光。

吳曉潔忍不住多看一眼，視線與黑影對上。

那是一對如青蛙向外突出的眼睛，眼珠正以古怪方式飛快轉動，眼窩附近掛著白色細線般的物體。

寒意竄上吳曉潔腦門，她猛然扭回頭，專心致志地往前跑，想假裝什麼也沒看見。

但怪物看到她了。

那雙大腳板重重落在地毯上，發出「砰砰砰」的沉悶聲響。

怪物從另一條走廊追上來。

逼近的沉重腳步聲讓一刻幾人不約而同回過頭。

像嗜血鯊魚追在他們身後的，是一道體型異常瘦高的黑影。

有著人形輪廓，身上掛著暗紅色的殘破布條，腦袋直抵天花板，兩條手臂則是長得曳地，隨著前進的動作擺晃。

吳曉潔這時才看清黑影人眼窩下的白色是扭動的蛆蟲。

牠們攀掛在黑影人眼眶周邊，有些掛不住的就從上面掉落，摔到地毯上。

白胖的身體蠕動得更厲害，下一眨眼又被黑影人抬起的腳掌踩過去，成為一灘白糊。

噁心的畫面讓吳曉潔控制不住地大叫。

當她的尖叫聲迴響在走道間，黑影人的速度驟然加快。

這光景讓吳曉潔更害怕，「它過來了，怪物過來了！」

尖叫越響亮，黑影的速度就越快，彷彿尖叫聲是它提速的力量源頭。

吳曉潔恐慌地瞪大眼，黑影的手高高舉起，比常人大上許多的黑掌從上蓋下。

落下的陰影籠罩吳曉潔的臉，她的臉上帶著絕望。

說時遲、那時快，吳曉潔的手腕驟然一陣劇痛。

還沒反應過來，她已被大力拽進電梯裡。

電梯門及時關上。

吳曉潔的雙腿都要軟了，她貼靠著牆壁，胸脯大力起伏，方才的竭力奔跑讓她的肺部像要炸裂。

她喘著氣，身子像癱軟的麵條往下一滑，整個人癱坐在地板上。

一刻三人調整呼吸，依舊站得挺直。

既然順利進來電梯，再來就是玩電梯遊戲了。

「我記得最先是四樓。」毛茅打開手機。

訊號沒恢復，網路自然也連不上，但他的網頁還留在介紹電梯遊戲的頁面，上面有整套遊戲的流程和注意事項。

電梯往下降，直到抵達四樓才停住。

再來是二樓、六樓、二樓、十樓。

隨著毛茅按下的數字鍵，電梯在不同樓層上上下下。中間不曾被外力打斷。

事實上，除了在一樓大廳，一刻他們再也不曾見過其他房客。唯一見到的是工作人員，但他們又會轉瞬化身爲怪物。

等到了十樓，毛茅沒立刻按下五樓，而是回頭看向一刻他們。

在電梯遊戲的玩法中，五樓是極爲關鍵的一層樓。

到達五樓後，待電梯門重新關上，必須再按向一樓。

若發現電梯沒有下降，而是直直往上升，一路前往十樓，就表示這個遊戲成功了。

抵達十樓後，便是另一個異空間。

「柯維安提到五樓後的注意事項是什麼？」一刻緊皺著眉，「他說不要……」

「不要」後面能接的實在太多了。

一刻來時只記得電梯遊戲的大致玩法，細節並未記下。

蔚商白則是記下了，「有關五樓的注意事項，我最後看的那篇介紹是不要閉上眼睛。」

一刻恍然大悟，「所以柯維安指的是……」

「我說的是我最後看到的那篇。」蔚商白加重「最後」兩字的語氣。

一刻一愣，「啊？」

蔚商白說，「意思是其他篇有不同說法。」

一刻磨磨牙，「……你他媽，就不能一次說完嗎？」

害他以爲眞的就是這個答案。

「別種說法是不要張開眼睛對嗎？」毛茅晃晃自己的手機，「我看的這篇就是這麼寫的。」

「也太靠夭了……」一刻煩躁地耙耙髮，「一個要閉眼，一個要張眼，不會還有哪邊寫眼睛一隻閉一隻張吧？」

「起碼我看過的沒有。」蔚商白說。

現在問題來了——柯維安想說的究竟是不要閉眼還是不要張眼？

要是玩法出現差異，對於後續會有什麼影響？

一刻煩得一個頭兩個大，都想找東西來擲筊問事了。

一刻煩惱了一圈，最後決定把煩惱丟出去，「毛茅，交給你選擇了。」

「咦？我嗎？」毛茅比比自己。

「你學長說你運氣好。」一刻沒忘記稍早找地方躲避時，毛茅一找就找到沒上鎖的房間。

運氣好這點毛茅倒是不否認，「我也覺得我運氣向來挺不錯，學長都找我抽卡呢。」

憑著直覺，毛茅毫不猶豫地選擇不要閉上眼睛。

他按下五樓的數字鍵，靜止的電梯啓動了，開始往下降。

叮，五樓到了。

電梯內的四個人都沒閉上眼。

他們看見電梯門開啓，露出空無一人的走廊，沒一會門又慢慢閉闔。

隨著電梯門完全緊閉的刹那，梯廂內赫然出現奇異變化。

本來嶄新的牆壁變得破舊，彷彿年久失修。

多張泛黃紙張黏貼在三面牆壁上，上面充斥著黑白色的文字與照片，乍看如同一張張剪報。

「這什麼！」吳曉潔驚慌地倒吸一口氣，「爲什麼會變成這樣？不是說要等上去十樓才會變成那什麼異空間嗎？」

在場幾人的震驚絕對不比吳曉潔少。

一刻匆匆掃視過去，視線所及的幾張剪報是介紹某某飯店。

會說某某，是因爲上面出現了許多空格。

彷彿尚未填寫完成的試卷，等著人補上正確答案。

□□飯店外面種植許多……飯店也以此作爲代表圖像……

□□飯店一向以賓至如歸的服務受人稱讚，期望來客能把這當成溫暖的家，工作人員皆是客人溫暖的家人。

□□飯店遭逢……意外，五樓被……傷者十六人，死亡人數三人……

□□飯店發生命案，經警方調查，發現……胸口、後背皆有多處刀傷，明顯是遭人殺害。

□□飯店舉辦三十週年運動會，員工上下團結一心，熱情參與各項活動。

照片雖是黑白的，依舊能看出是他們目前所待的□□溫泉大飯店。

圍繞在飯店外的樹叢正值花季，花朵盛綻。

一刻目光正要再掃向他處，發現蔚商白早就舉起手機，俐落地對著牆上剪報拍照。

毛茅也跟著拿著手機，對著鄰近的一面牆猛拍。

一刻暗罵自己遲鈍，連這方法都沒想到，趕忙加入拍照行列。

確保沒有任何一張剪報遺漏，毛茅這才按下一樓。

電梯動了。

所有剪報轉眼消失，老舊的牆壁變回嶄新。

但電梯並沒有往下，而是向上直直攀升。

樓層數字快速變換，吳曉潔的心臟也幾乎快跳出來。

到了十樓，等待在外面的會是什麼？

一刻低頭看著手機拍下的照片，思緒驀地一頓。

他緊緊盯著剪報空格及飯店照片，一股可怕寒意猛然襲上，令他手腳忍不住發冷。

「一刻？」蔚商白第一時間就留意到一刻的異樣。

一刻沒有抬頭，目光仍緊鎖手機螢幕，吐出的聲音又乾又澀。

「……蔚商白，我們住的這間飯店叫什麼？」

蔚商白正欲開口，眼神倏地一變，臉上顯露肉眼可見的動搖。

這對總是處事冷靜理智的他無疑是件罕見的事。

「不就是叫……」毛茅隨口想回答，可話來到嘴邊，像是被硬物哽住。

那張可愛的臉蛋僵住，瞪大的眼睛驚駭地看向一刻他們。

一刻從兩人的反應就能明白，他們與自己是相同狀況。

他們根本不知道溫泉大飯店叫什麼，連說都說不出來。

一刻打開柯維安最初傳來的求救訊息。

三行字整齊排列在訊息欄位裡。

我們玩了電梯遊戲。

我們玩了電梯遊戲。

我們在[redacted]飯店裡。

飯店的名字猶如遭到塗抹，上面只有一團黑漬，什麼也看不見。

——然而直到他看向手機裡的剪報之前，他根本沒意識到這股異樣。

簡直就像是他們的認知受到干擾，才會將異常視作正常。

「你們怎麼了？怎麼都不講話了？」吳曉潔不解三人突然的沉默，「這有什麼好回答不出來的？不就是叫作※§&溫泉大飯店嗎？」

「溫泉」兩字前是一串古怪的音節，就像廣播時突然出現的故障噪音。

落在一刻他們耳中就和「沙……沙沙……沙……」差不多。

「妳再說一次。」一刻要求道。

吳曉潔雖然不明白，但還是照做，將溫泉大飯店的全名複誦一次。

一刻與蔚商白、毛茅對望，在彼此眼中望見駭然。

他們依舊聽不出吳曉潔講的名字是什麼，彷彿有股不明力量覆蓋住正確的名稱。

吳曉潔一臉困惑地望著他們，渾然不覺哪裡有異。

見狀，一刻他們暫時先按下這股異常，打算等找到柯維安幾人後再確認。

停靠十樓的電梯發出「叮」的通知，電梯門緊接開啓。

好運氣這次不再降臨一刻他們這方。

電梯門剛打開一條縫隙，就看到一道身影站在門前。

暗紅色的制服讓他們瞬時一凜。

「快關門！」吳曉潔驚慌失措地往按鈕面板撲去。

她死命戳按著關門鍵，本來要往兩側退開的門板重新向中間閉攏。

看著那慢吞吞的速度，她的一顆心像放在火焰上烤，恨不得關門速度再快一點。

即使知道電梯內是安全的，但沒關上門之前，吳曉潔就是無法放下心。

她焦慮萬分地看著門縫越變越小。

不料應當閉起的門倏然間又往兩側退開。

原本要闔起的門縫再次變得寬敞，也漸漸露出門外人的面容。

一身暗紅制服的工作人員站在電梯外，臉上是歪斜詭異的笑容，彷彿掛在夜空裡的彎月。

他的確沒有辦法往電梯內踏進一步，只能像根柱子佇立在外。

吳曉潔面對那張彷如固定住的笑臉就心生懼意，她想後退拉開距離，可即將完全大開的電梯又讓她咬牙沒縮回手。

她緊緊按在關門鍵上，試圖再讓電梯門閉起。

然而這回電梯門就像故障似地，再也不聽從她的指揮。

不對，不是不聽從她的指揮！

一個可怕的猜想躍上吳曉潔心頭，還沒等她證實，就聽見一旁的白髮青年咒罵一聲。

「幹！他知道怎麼按住電梯按鈕了！」

似乎聽懂一刻的驚愕，電梯外的工作人員笑得更開心了。他的手臂維持著抬高向前的動作，嘴巴咧得更大，露出一口白牙。

只不過上下排的牙齒不似常人工整，竟如密集的鋸齒。

他一笑，令人想到鯊魚亮出滿口利齒。

「意思是他有辦法學習？」毛茅也著急，抓過包包就往裡面死命掏摸。

「無法確定。」蔚商白向來不輕易下斷論，「也或許他解除了某些限制，可以做出開關門的動作。但不管如何，他現在知道怎麼停住電梯是事實。」

雖說工作人員進不來，但他們也出不去，更別說是搭到其他樓層。

此刻的電梯對他們來說，無疑是變相的牢籠，將他們困在此處動彈不得。

長時間僵持下去，吃虧的只會是他們這方。

一刻朝蔚商白使記眼色，要他顧好其他兩人，決定抓緊工作人員還沒變化成駭人怪物之前，試著硬闖看看。

一刻攥緊手指，搭在不鏽鋼熱水壺提把上的手背覆上一條條青筋，還沒行動前，他身後先傳來一陣突如其來的高喊。

「大家閉氣一分鐘！宮大哥快讓開！」

一刻本能往旁退避，呼吸也隨即屏住。

說時遲、那時快，毛茅一個箭步上前，手裡抓著什麼，對準工作人員的雙眼就是一把揚了上去。

眾人只看到毛茅對著工作人員撒出一把黃色碎片。

隨後工作人員瞬間臉色大變，笑容更是轉成猙獰痛苦的表情。

他反射性摀著眼，身體弓起，嘴裡發出野獸般的慘叫。

一刻當機立斷，手裡的熱水壺對著工作人員腦袋重重砸出。

工作人員當場被砸倒在地。

一刻也不囉嗦，朝對方補踹上一腳，把那具像蝦米蜷縮的身體踹離電梯門口，大步流星地越過他離開電梯。

再來是毛茅、吳曉潔，最後是蔚商白。

蔚商白在越過工作人員身側時，瞥見對方身下壓住一張白紙，他彎下身，快速抽出。

不待一刻思索接下來該選擇哪一方向，左側已傳來驚天動地的叫嚷。

「小白啊啊啊啊——」

「白你老木啊！」一刻下意識吼回去，吼完才發現只有一個人會這麼叫自己。

一刻不敢置信地扭過頭，撞入眼中的是驚喜加交的柯維安。

第五章

「小白！這裡、這裡！」柯維安彷彿怕一刻看不見自己，殷切地在原地蹦跳好幾下，手臂揮舞得特別賣力。

柯維安身後還有好幾道人影。

一刻只認識其中一個，那名女孩縮在柯維安身後，一副老鼠見到貓的驚惶神色。

一刻了然地回過頭，果然看見貓……喔不是，是蔚商白勾起一抹冷笑，鏡片後的眼睛鎖定著恨不得把自己藏起的蔚可可。

一刻從蔚商白的那一眼就能看出很多東西。

例如多益單字大全、多益必考文法、雅思考試官方指南、雅思必考單字……

誓必要讓蔚可可淹死在英文的海洋裡。

蔚可可或許是太過緊張了，忘記柯維安沒比自己高上多少，她人躲在對方背後，壓根藏不了。

「嗨，東西學長。」毛茅也踮起腳，向柯維安身後的紫髮雙胞胎打招呼。

項溪說，「雖然這叫法能把兩人都喊了。」

項冬也說，「但總覺得小朋友你又亂改我們名字。」

項溪又說，「最重要的是爲什麼蠢弟弟名字在我前面。」

項冬回道，「當然是因爲我是哥哥。」

「別嗨了，快過去他們那。」一刻可沒忘記工作人員只是暫時倒地，不是眞的被打掛。

等他爬起、再變成龐大恐怖的模樣，就換他們吃不完兜著走了。

吳曉潔也見到自己男友。

「曉潔！」趙天昊再見到女友，登時如釋重負，臉上洋溢著顯而易見的喜悅。

吳曉潔閃躲著趙天昊的目光，感覺自己像被分成兩半，一半是開心對方沒出事，一半是害怕對方會再對自己動手。

吳曉潔猶在裹足不前，一刻他們已朝著柯維安等人快步過去。

聽著工作人員的怪異呻吟，吳曉潔打了一個哆嗦，不敢繼續逗留，連忙緊跟在一刻他們身後。

「小白、小白！天啊，甜心！我們終於再度見面了！」柯維安按捺不住滿腔澎湃的心情，張開雙臂就想給一刻熱情又用力的擁抱。

一刻倒是用力地把他的腦袋扣住了，不讓他靠近自己一步，「再甜下去，老子就讓你知道……」

「你有多甜？」柯維安就是管不住自己的嘴巴。

一刻獰笑，讓柯維安知道自己拳頭有多猛。

柯維安摀著腫起的包，一時半會內不敢再耍嘴皮子。

「毛茅，你剛是對那人撒了什麼？」一刻好奇問道。

「超級辣椒洋芋片。」毛茅有絲得意，「添加了號稱全世界最辣的卡羅萊納死神椒，辣度達到普通辣椒的三百倍，包裝上面還標有『危險，吃之前須謹慎考量，不負擔人身安全』。我覺得應該不會好吃，但實在太好奇，所以忍不住還是買一包，想先找人試試看有多辣，沒想到先讓怪物試了。」

一刻默然。

……這已經不叫洋芋片，叫殺人凶器了吧。

被擁有驚人辣度的洋芋片直擊眼睛，也難怪工作人員一副痛不欲生的模樣。

「小白，十樓還有好幾個怪物在遊蕩，我們先找房間躲好。」

柯維安他們帶領一刻幾人前往先前找到的空房間。

房門關上、上鎖，所有人緊繃的神經才暫時放鬆。

「你們玩電梯遊戲搭到五樓時，有看到這些嗎？」一刻打開手機相簿。

「什麼什麼？」柯維安最快湊近，與其他幾人一起看著照片，「這看起來是……剪報？」

「上面是飯店介紹，為什麼飯店前面是空格？」項冬一下就看見剪報的怪異之處。

「飯店發生命案，飯店遭逢某某意外……」項溪指出另一個不尋常的地方，「意外前面也是空格，這講的是同一間飯店嗎？」

「宮一刻，你剛說搭電梯到五樓……」蔚可可迅速反應過來，瞪圓一雙眼睛，「你們是在五樓的地方拍到的？」

「等等，等等等等！是五樓的哪裡？」柯維安抓出疑點，「玩電梯遊戲在第二度到達十樓前都得待在電梯裡，否則就會打斷整個流程，遊戲不成立……」

柯維安說到後來像在喃喃自語，他轉動腦子，唯一的可能性讓他驚異地脫口而出。

「小白你們是在電梯裡拍到的？你們沒閉上眼睛？」

「你們有閉上眼睛？」換一刻愕然反問。

「我當時不是說不要……啊！」柯維安懊惱地大叫一聲，拍上自己額頭，「靠，我當時話根本來不及說完。」

不管是閉上眼睛或睜開眼睛，顯然電梯遊戲都能成立。

只不過柯維安他們因爲閉上眼睛，才無從發現剪報的存在。

「但這些剪報是怎麼回事？」柯維安看著蔚商白和毛茅遞出的手機，兩人拍的是其他張剪報，看起來都與飯店有關。

「你們有誰記得這飯店叫什麼名字嗎？」等大夥都看過他們拍下的照片，一刻單刀直入地問。

「當然記得，不就是叫……叫……叫……」柯維安的嘴巴張張合合幾次，始終說不出正確答案。

柯維安震驚地發現他的腦中根本翻找不出飯店名字。

他想起自己曾傳過求救訊息給一刻，上面有標明他們所在的地點。

他手忙腳亂地找出那則訊息，接著呆愣當場。

訊息裡沒有飯店名字，飯店前面的字變成一團黑了。

「小白……」柯維安僵直身子，腦袋慢慢扭向一刻，表情跟著變得僵硬，「我傳訊給你的時候就是長這樣嗎？」

「對。」一刻言簡意賅地說，「但不知道爲什麼，我跟蔚商白那時看都不覺得奇怪。」

他們甚至還若無其事地說著□□飯店。

眞的是見鬼了。

「唔啊啊！天啊，居然會這樣……要是能早點發現問題就好了。」想到因爲閉上眼睛，就沒獲得可能很重要的線索，柯維安不禁懊惱地揉亂頭髮。

旋即他眼睛一亮，他們雖然沒看到剪報，但他們有看到別的。

或者說，撿到別的！

「小白，這個！」柯維安從口袋抓出兩張揉得縐巴巴的紙，「你看這個！」

見狀，項冬也掏出一張。

將三張紙攤平，可以看見紙上凌亂地寫著字。

×月×日，今年不用過生日。

×月×日，老鼠咬死了貓，牠得到力量，我得到力量。

×月×日，又找到新的收藏品，在收藏品上刻下我的生日。這是我的，我會新生。

從紙上的字跡來看，似乎都是出自同一人之手。

「這日記嗎？但寫的東西好奇怪啊。」蔚可可皺著臉說，「寫這些東西的人該不會精神有問題吧。」

「我在剛才那個工作人員身下也撿到類似的東西。」蔚商白將拾獲的紙張放至桌上。

同樣也是一張像從哪本書冊上撕下的紙，邊緣參差不齊，上面潦草地寫著字。

字跡與另外三張一樣，筆畫的最後都會習慣性勾起彎曲的弧度。

而蔚商白拿出的那一張，讓眾人神色驟變。

紙上寫著——

×月×日，他們叫我生日殺人魔。

「殺人魔？」吳曉潔抽口冷氣，「是電話裡提到的那個殺人魔嗎？生日殺人魔又是什麼意思？」

「那個……」蔚可可有個不好的聯想，「日記寫到他會在收藏品上刻下生日，收藏品指的該不會是……」

蔚可可欲言又止，沒把最後幾個字說出來。

可眾人都明白她想說的是什麼。

殺人魔的收藏品——恐怕就是被他殺害的人。

「但這樣有點奇怪。」毛茅提出一個問題，「假設殺人魔殺了目標，刻上自己的生日視爲收藏品，那個『我會新生』指的又是什麼？」

眾人沉默以對，誰也猜不出那幾字的含義，更別說理解殺人魔的思維了。

暫時先不管日記內容，幾人討論起獲得日記的地點。

蔚商白是從工作人員身下撿到。

「你們呢？」一刻問著柯維安。

「從怪物身上掉下來的……唔，或者說變成怪物的工作人員身上。」柯維安修正一下說法。

「感覺好像碰上特定怪物，會掉下道具一樣。」毛茅感嘆地說。

「既然日記可能是那個殺人魔的，接下來就試試去接觸怪物。」一刻提出下一步計畫，「柯維安，還有哪些怪物是工作人員變的？你說一下特徵。」

「好喔，首先是……」柯維安剛開口，就被無預警響起的電話鈴聲打斷了話。

鈴鈴鈴鈴！

鈴鈴鈴鈴！鈴鈴鈴鈴！

所有人都被嚇一跳。

這個時間點、這個地方，誰會打電話過來？

吳曉潔離電話最近，可不停作響的電話在她眼中如同毒蛇猛獸。她倉皇往後退了一大步，撞到站在她身後的人。

她反射性回過頭，發現那人居然是趙天昊，她白了臉，如觸電般繃直身體。

趙天昊以爲吳曉潔是被電話鈴聲嚇到，他大步一邁，拿起話筒，另一手不忘按下擴音鍵。

尖銳的鈴聲戛然而止，隨後是柔和女聲傳出。

「尊敬的客人您好，很高興參與活動的人員已經到齊。」

「飯店裡的殺人魔如今獲得更大力量，正在暗處虎視眈眈，等待下手的最好時機。」

「飯店的資訊值得探索，務必多加四處走動。」

「請在黑暗降臨前，成功找出殺人魔並完成指認。」

「請記住，指認機會只有一次，必須抓住目標喊出正確姓名才算符合標準。」

「最後貼心提醒，上鎖的房間不再是安全的，電梯也許還是安全的。」

隨著話筒裡女聲的消失，房裡氣氛跟著陷入緊繃。

「什麼意思？她說的是什麼意思……」吳曉潔嗓音發顫，「不是說上鎖的房間是安全的嗎？爲什麼現在又……」

下一剎那，猛烈的撞擊聲響起，嚇得她驚叫一聲。

撞擊聲來自房門外。

房門被撞得砰砰大響，門板也傳來顯著的晃震。

一下下的撞擊聲就像催命鐘，曾以爲堅若磐石的門板震動得更加厲害。

伴隨著「磅」的一聲，門上出現裂縫，木片翹起。

明眼人看了都清楚，只要再施加一些力道，裂縫就會變成破洞。

門外被不明存在堵住，一刻立即看向窗邊。

這間客房的房型與他們先前所待不同，沒有落地窗和陽台，只有半人高的對外窗戶。

假若不想與怪物硬碰硬，就只能想辦法從窗戶逃出去了。

一刻來到窗前，推開窗戶，想要探頭查探周邊環境，看是否有其他可攀爬的位置。

可他的腦袋竟像撞上一堵透明硬牆，無論如何都無法越過窗緣外。

「窗戶出不去的！」柯維安見到一刻的動作，忙不迭喊道。

「爲什麼？」毛茅不解，「我們就曾從落地窗出去，再從陽台跳到隔壁房間。」

「示範比較快。」項冬從面紙盒抽出一張衛生紙，揉成球狀，往打開的窗戶扔過去。

所有人都能看見衛生紙團並沒有飛出窗外，而是被一層無形障礙阻擋，轉眼反彈至地板。

接著項溪抓起面紙盒往窗戶一丟。

「咚」的一聲，面紙盒也是同樣下場。

有了項冬、項溪的示範，所有人清楚知道想藉由窗戶離開房間是行不通的。

柯維安更詳細地解釋，「小白你們可以從陽台到隔壁房間，是因爲它算在飯店的範圍內，欄杆才是飯店的界線。往旁邊可以，想探出欄杆外就不行。」

「幹！」一刻低咒一聲，他們這間房可沒陽台，等於沒有其他出口。

就在這一瞬，門板再也承受不住衝擊，應聲破裂。

一隻漆黑的手從裂口探入，尖利五爪朝四周抓捕。

「是暗影人！」柯維安驚呼一聲。

一刻狐疑，「什麼？」

柯維安說，「我替它取的名字，一種像人的黑影怪物，個子特別高，手也特別長，也是工作人員變的。」

一刻幾人想起玩電梯遊戲前碰到的那個怪物，對方身上掛著殘破的布料。

暗紅色的布料，與工作人員的制服顏色一模一樣。

尖尖長長的爪子又往房內抓了一把，沒抓取到任何獵物，那隻黑色手臂退回房外。

下一刻，又是一截長長的黑色物體從洞口擠進來。

起初他們以爲又是暗影人的手，可緊接著察覺不對。

從門外擠進來的是暗影人的頭跟脖子。

它的腦袋就像柔軟的麵團，能輕易地改變形狀和大小，滑順地擠進洞口，探入房內。

暗影人伸進長長的脖子，眼下垂掛著白蛆，一雙凸起的眼往四下張望。

發現獵物的暗影人散發出愉快的氛圍，它繼續往房內深入，長長扁扁的脖子貼著地板滑行，彷彿一條正在行進的蛇。

飯店客房的浴室就在門邊。

暗影人剛越過浴室，一柄尖銳的桿子從上方快狠準地貫入它的腦袋。

藏身在牆壁後的一刻加重力道，直到利器完全貫穿。

確定暗影人沒了氣息，一刻這才鬆開手。

「再來一個暗影人的腦袋，就能當串燒了。」項冬有感而發的話語獲得兄弟與學弟的白眼。

「學長別烏鴉嘴。」毛茅笑得很甜，「不然我就把手往你眼睛抹喔。」項冬馬上做出幫嘴巴拉拉鍊的動作，沒忘記毛茅摸過超級辣椒口味的洋芋片後還沒洗手。

任憑暗影人的脖子軟塌塌地垂掛在門邊，眾人走出房間。

房外的暗影人死去後就像團扁掉的大麵團，同樣軟趴趴地堆疊在地板上。幾人沒多看一眼，快速通過這條走廊。

轉出一個拐角後，通往樓梯方向的走廊一面是房間，一面是對外的窗戶。一刻看著窗外不算暗，但也稱不上明亮的天色，「黑暗降臨之前……指天黑前嗎？」

窗外天空像被潑了紅墨水，呈現不祥的暗紅色。

「我覺得不是。」柯維安搖頭否定，「如果透過電梯遊戲來到異空間，那個異空間的天空會一直是紅色的。」

「我懂我懂，就是不會天黑也不會天亮。」蔚可可搶著回答，「會一直維持這樣。」

倘若不是指外面天色，那麼能直接想到的就剩下……

他們抬頭看向天花板上的燈光。

每一盞燈如今都是正常運作，沒有哪盞突然熄滅。

「先注意燈光吧。」一刻說，「我們從樓梯走。」

現在房間不再是安全屋，待在電梯也可能遭受危險。

一刻他們已體驗過——怪物開始懂得如何控制電梯，阻礙它的運行。

那次算是運氣好，工作人員還未怪物化，對付起來不算困難。

可一旦碰上暗影人、大群貓鼠，或是蜘蛛男人、氣球人之類的棘手怪物圍堵，他們就會陷入進退兩難的窘境。

這些怪物的名字都是柯維安取的，方便稱呼。

氣球人指的是會急遽膨脹的工作人員。

「怪物種類感覺越來越多，不知道會不會再碰上新型的……」柯維安還沒說完，就被一刻不客氣地摀上嘴巴。

「閉嘴吧你。」

他可不想要柯維安的烏鴉嘴成真。

幸好柯維安的烏鴉嘴在他們找到樓梯前都沒成真。

一行人隊伍浩大，兩個女生與毛茅被安排在中間，其餘人負責打前鋒或是殿後。

毛茅對這安排做出抗議，結果被一句「你年紀最小」堵回來。

誰也不敢放慢速度，倉促的奔跑聲迴盪在樓梯間，有幾次差點與遊蕩的怪物打照面。好在領頭的一刻和蔚商白發現得早，及時帶領眾人躲在樓梯上層，耐心等待怪物走進樓層裡，這才繼續再往下走。

柯維安曾向一刻打聽他們趕至十樓前，碰上過哪些怪物，再統整他們這邊遇上的。他替怪物分門別類，整理出一個清單。

貓鼠——貓首鼠身的小怪物，似乎是集體行動，光是出現就令人本能產生不適。

暗影人——工作人員變的，個子高手也長的黑色人形，身體柔軟，能改變形狀，可從狹窄的空間擠進來。

蜘蛛男人——工作人員所變的怪物，背部會長出像蜘蛛腳的尖刺，能在天花板上爬行。

紙片人——也是工作人員變的怪物，身體會變得如紙一樣單薄，脖子能拉長。

氣球人——還是工作人員變成的怪物，最棘手，也最難對付。普通物理攻擊對它無效，還會把武器吞吃進去。

柯維安也整理出幾條規律。

工作人員不管變成哪一種怪物，變化前都是同一張臉。

柯維安還是頭一次見識共享臉孔。

除此之外，怪物一次通常只會出現一個種類，目前還沒碰上兩種怪物同時出現的狀況。

柯維安推測也許怪物之間有地盤意識，不允許別種類的靠過來。

感謝它們的地盤意識，做得很好，務必再維持下去。

否則大夥可眞沒辦法想像要是所有怪物聚集一堂，再加上房間不能躲，電梯安全性也降低……都不知道能往哪邊逃了。

柯維安還提出他的另一個發現。

「會變怪物的，好像都是穿暗紅色制服的飯店人員……櫃台是穿深藍色，但除了一開始進入飯店，就沒再看過櫃台人員了。」

一刻總結，「總之看到紅色制服的人就先跑。」

誰知道他會變成哪種怪物？要是碰上氣球人，那可就麻煩大了。

成功避開遊走中的怪物，一行人抵達一樓。

他們的目的地是餐廳。

那裡除了有大量餐具，包括餐刀、叉子等銳物，還連接著廚房。

廚房內自然少不了殺傷性更強大的刀具，能讓他們獲得更多對怪物用的武器。

一樓的飯店大廳不見任何房客，櫃台後也沒有穿著深藍制服的接待人員。

明晃晃的燈光映亮各處角落，沒看到疑似怪物的可疑身影。

蔚商白的視線瞥至櫃台上的螢幕，「一刻你們去餐廳，可可跟我到櫃台那邊。」

蔚可可詫異，「欸？疑？老哥？」

無視蔚可可的連連驚呼，蔚商白已拔腿跑向櫃台。

蔚可可摸不著頭緒，但兄長的命令在前，只好跟著跑過去。

「我也過去好了，如果他們忽然需要更多人手幫忙的話。」毛茅自告奮勇加入。

毛茅跟去，項冬、項溪自然不會丟下他一人。

看顧好小朋友可是他們的打工內容。

但毛茅揮揮手，「項冬學長就行了，項溪學長跟著宮大哥他們一起吧。」

項溪合理懷疑，他沒被選上就是敗在自己的名字。

大家總是習慣唸「東西」，而不是「西東」。

可惡，他弟就是靠著同音的「冬」字佔得優勢！

雙方沒有異議地兵分兩路，一刻等人消失在另一邊轉角，蔚商白他們則是接近櫃台。

「哥，你來櫃台要做什麼？」蔚可可仍一頭霧水。

「找資料。」蔚商白拋下三個字，人進入櫃台後。

「找資料？找什麼資料？話不要說一半啊。」蔚可可緊跟在兄長身後，像條甩不掉的尾巴，「好歹跟我說清楚一點。」

「蔚可可。」蔚商白抬起頭，「妳話怎麼那麼多？」

「我才不是話多，怎麼可以嫌棄美少女……」接收到從鏡片後射出的冷冽視線，蔚可可明智地把剩餘抱怨吞回去。

「她哥真應該早點來跟我們會合。」項冬低聲與毛茅咬著耳朵，「幾個字就能讓她安靜不說話了。」

「學長，背後說漂亮姊姊的壞話可不好。」毛茅無法苟同地說。

「拜託，小朋友你那是沒有親身體驗過，她話多，柯維安的話也多。」

「學長你現在話也好多。」

面對毛茅的笑容，項冬一噎，只好摸摸鼻子不再揪著這話題。

「蔚大哥，我們要找跟飯店有關的資料對嗎？」毛茅的問話不僅是向蔚商白確認，也是解開蔚可可的困惑。

蔚可可頓時反應過來，「啊，原來如此！」

電話裡的確有提過，飯店的資料值得探索，建議他們四處走動。一刻他們拍到的剪報上，飯店名字都是空白的。

蔚可可忍不住大膽假設，假如在空格填上正確答案，可能會進一步獲得更多關於殺人魔的線索？

蔚可可只是有時腦筋轉不過來。

可只要稍作提點，思路就能跑得飛快，就算要跟飛機並肩飛行也可行。

「哥、哥，你的手機再借一下。」蔚可可拿到解鎖的手機，找出蔚商白拍的剪報照片，鎖定其中一張。

□□飯店發生命案，經警方調查，發現……胸口、後背皆有多處刀傷，明顯是遭人殺害。

有人在飯店裡被殺害。

凶手會不會跟飯店內的殺人魔有關？

想到這裡，蔚可可的精神都來了。

她興致高昂地望向電腦螢幕，然後又頭暈眼花地退到旁邊去，把上面密密麻麻的數字和表單留給她哥去研究。

蔚可可和毛茅、項冬一起翻找著櫃子抽屜裡的文件，大量紙張被隨意堆疊在地。

嫌蹲著麻煩，項冬一屁股坐下，一目十行地掃過文件。

毛茅那邊則是翻找到幾張照片。

場景是飯店正面，掛著慶祝三十週年活動的紅布條，一群人在門口面帶笑容地合照。

中間西裝筆挺的男男女女顯然是高層主管，旁邊跟後面一排的人穿著深藍或暗紅制服，這些都是飯店的工作人員。

毛茅仔細看過穿著深紅制服人員的面孔，沒有一人能和他們見過的那個工作人員對得上。

他改看向圍在飯店周遭的樹叢，大朵白花盛開，像白雪留在綠葉之間。

比起剪報上不甚清晰的黑白照，這張彩色照片清楚拍出花朵的全貌。

毛茅想要拿手機查詢，智慧鏡頭剛對上，才想起飯店內沒訊號，網路連不上。

「這個花……」蔚可可正好瞧見照片，「有點熟悉，好像在哪看過……」

蔚可可敲敲額頭，試圖把記憶敲出來。

蔚商白覷見妹妹的小動作，嘆了一口氣，沒多說什麼，反正也不會再更笨了。

「我想起來了！」蔚可可飛快抬頭，手指用力比向櫃台後的牆壁，壁面是白底金紋。

金紋勾勒出的花朵模樣，就和照片樹間的白花一模一樣。

蔚可可又想了想，還想起飯店浴衣和掛在鑰匙串上的壓克力也是相同花紋。

「飯店把這花當成代表物，你們看！牆壁花紋、浴衣花紋、鑰匙串上的花紋……」

蔚可可沒忘記最重要的一點，「哥，你拍到的剪報裡，有一張不是介紹飯店嗎？」

□□飯店外面種植許多……，飯店取名便是由此而來。

「這個花的名字，肯定是飯店的名字！」蔚可可擲地有聲地說，感覺自己整個人閃耀著智慧的光輝。

蔚商白毫不留情地把光拍滅了，「所以花叫什麼名字？」

「花叫……叫……」蔚可可一顆腦袋垂了下去。

「我這找到一個東西。」項冬舉高一份文件，「飯店爲了慶祝三十週年，舉辦一個員工同樂的運動會，還取了個名字，叫椿之運動會。」

「我也找到一些東西。」蔚商白轉過身體，讓人得以看見螢幕，「爲了那場運動會，還找人設計運動服。」

電腦上展示的就是運動服的設計稿。

白色的T恤上以金色龍飛鳳舞地寫上一個大大的「椿」字，椿的日則改成華麗綻開的白花。

「等一下！椿椿椿……我想起來了！」蔚可可猛地大叫一聲，一掃低迷，「是椿花啊，就是山茶花！」

蔚商白問，「妳怎麼確定？」

這題蔚可可會，「之前和小安看的動畫某一集，就是那個『甜甜圈小女神』。那集打倒的就是椿花怪人，打倒後小女神還有科普，講解椿是山茶花的別稱。」

毛茅說，「甜甜圈？」

項冬說，「小女神？」

蔚商白對柯維安的品味一向不做任何評論。

蔚商白還想再查找電腦裡有什麼有用線索，可握著滑鼠的手指驀地停止移動。

後頸的寒毛幾乎本能豎起，彷彿從哪邊吹來一陣冷得要凍入骨子裡的陰風。

蔚商白第一時間朝其他三人疾喝，「躲起來！」

蔚可可睜圓的眼睛寫滿問號，身體倒是先一步地聽從兄長指令行動。

沒辦法，來自血脈的天生壓制。

櫃台底下的空間稱得上寬敞，只要縮一下手腳，就足以容納四個人。

四人火速躲至櫃台裡，雙腳併起，背部弓著，確保自己不會暴露在外。

蔚可可就坐在蔚商白旁邊，她用手肘輕撞一下，無聲地詢問是發生什麼事。

蔚商白沒說話，全神貫注地留意外界動靜。

沒一會兒，幾人就知道蔚商白爲何要他們躲起來。

安靜的一樓大廳猝然出現腳步聲。

噠、噠、噠、噠。

聽起來像是馬蹄聲從遠而近，明晰地迴盪在大廳裡。

蔚可可險些震驚地抬起頭，從旁伸出的大掌按扣住她的後腦，避免她重重撞上櫃台。

蔚可可朝蔚商白慌亂地使著眼色。

哥、哥，是沒聽過的腳步聲，該不會又出現新品種的怪物了？

蔚商白還是沒給回應，事實上他看不出蔚可可擠眉弄眼是在表達什麼，只覺得他妹眼睛抽筋了。

靠最外面的毛茅拿出手機，切換至錄影功能，小心翼翼地把手機往櫃台外移出。

他不敢移太多，免得手機被那個未知存在發現。

擺好手機的毛茅又縮回原位，屏氣凝神地等著那陣噠噠聲響過去。

那陣腳步聲聽起來又沉又響，像龐然巨物在緩慢移動。

蔚可可這時就有點痛恨自己瘋狂的想像力了。

她已根據腳步聲腦補出一個巨大又醜陋的馬，可能有好幾個腦袋，嘴巴大如鯊魚之類的。

不能怪她淨往醜的方面想，實在是至今看到的怪物都醜到傷眼睛。

她發誓，等她回去現實世界一定要瘋狂看帥哥美女洗洗眼睛，安撫她受創的心靈。

蔚可可忽視身旁兄長也是個高顏值的人物。

畢竟一面對她老哥，比起帥，她先感覺到的是嚇人。

櫃台下的四人無法得知外邊情況，只能看見大廳裡的光線逐漸變暗。

起初他們以爲是那個未知存在正從櫃台外經過，身軀擋住了燈光。

可過了一會兒，他們就意識到不是。

是燈在一盞盞暗下，明亮轉爲黯淡，又轉爲昏暗。

本來亮晃晃的大廳變得晦暗幽森，投射至牆壁上的影子在擺晃間宛若群魔亂舞。

蹄聲現在離櫃台極近，清晰得就像貼靠在旁邊。

四人不敢發出聲響。

就算看不見怪物的樣貌，從影子的大小、蹄聲的沉悶，以及一股無法言說的壓迫感，都讓蔚商白他們直覺危險。

又一盞燈暗下，廳裡的亮度跟著驟降一分。

變暗的空間總容易讓人更加緊張，蔚可可吞嚥了下口水，往毛茅手機方向投望一眼。

那個角度也不知道能不能拍到怪物的全貌。

正對著他們的白底金紋牆壁上沒見到影子搖晃，怪物似乎又走遠了。

蔚可可緊握手機，想要鑽出櫃台，大著膽子冒險拍攝大廳現下的景象。

她才剛爬出一半，就被蔚商白不客氣地拽住後領。

蔚商白嚴厲的眼神像是刀子往她身上扔。

別亂來。蔚商白用口形警告。

沒有亂來，我會很小心的，總要有人確定一下外面情況啊。蔚可可照例用眼睛說話。

蔚商白依然無法解讀，但也能猜出妹妹的幾分心思。

就在這時，腳步聲平空消失了。

燈光維持在目前幽暗的程度，不再發生改變。

蔚可可喜出望外，趁機擺脫蔚商白的箝制，鑽爬出櫃台底下。

怪物聽起來似乎離去，但蔚可可也沒因此放下警戒。

她輕手輕腳地轉個姿勢，從趴跪變成蹲姿，再抓著手機慢慢地直起身子。

蔚可可先讓手機冒出頭，透過鏡頭，可以窺見大廳內變回空蕩。

沒看到怪物的存在。

蔚可可鬆口氣，正欲朝下面招招手，要大夥趕緊出來時，突來的陰影籠罩在她頭上。

彷彿有什麼擋在燈前，遮住大半光線來源。

蔚可可愣怔一下，不自覺仰高腦袋。

在她正上方的是一團黑漆漆的東西。

最開始她沒反應過來，以爲就是團黑影籠在上面。

然而等她看清那物體的面貌，登時全身血液倒流，大腦更變成一片空白。

那是一條長長的鼻子，色澤灰黑，令人聯想到象鼻。

長鼻的底部就籠罩在蔚可可的頭頂上，該是兩個鼻孔的位置只見一個大大的孔洞。

孔洞深處，有一張人臉正對著蔚可可咧嘴而笑。

第六章

一刻幾人聽到來自蔚可可的尖叫之前，正在廚房四處搜尋更趁手的武器。

不論是餐廳或廚房都沒有怪物。

他們先在餐廳裡拿了幾把餐刀、叉子放身上防身，才走進接連在旁邊的廚房。

廚房又大又整潔，地板亮得像能反光。

周邊櫥櫃林立，寬敞的不鏽鋼長桌上擺放諸多食材，刀架上插滿許多磨得光亮的刀具。

吳曉潔不知道自己該拿什麼，最後胡亂選了一柄帶鞘的水果刀。

她偷瞄就在附近的趙天昊一眼，決定再偷偷拿一把起司刀放口袋裡，以備不時之需。

她不知道趙天昊現在究竟在想什麼，爲什麼有辦法一副不曾發生任何事的沉著態度？

就連對待她時也是，與向她動手前沒什麼兩樣。

簡直像是……他不記得曾經想對自己下死手。

吳曉潔忍不住摸摸頸側，似乎又回想起在脖子上不斷收緊的恐怖力道，不自覺打了一個寒顫。

「會冷嗎？」注意到吳曉潔身體發抖，趙天昊關心問道。

「不是，沒有！」吳曉潔慌張否認，「我去看看他們那邊！」

她隨便找了藉口，想往一刻他們靠去。

比起自己不知何時會發瘋的男朋友，那幾個學生反而更能帶給她安全感。

吳曉潔經過雙層大型烤箱時忽地腳步一頓，覺得好像在烤箱裡瞄見什麼。

爲了確認是否眼花，她後退幾步，往烤箱門前湊近查看，裡頭沒有東西。

瞥見趙天昊又要靠過來，吳曉潔連忙想遠離。

可就在她身子一動的剎那，她的腳根像被釘住，雙眼無法離開烤箱。

她看到裡面眞的有東西。

暗色的烤箱門上即使有透明小窗也沒法完全看清內裡，但能隱約看見一個大型物體的輪廓。

吳曉潔吞吞口水，好奇心還是戰勝了害怕。

況且廚房裡有這麼多人，不可能出事的吧。

心裡這麼想著，吳曉潔握住門把，出力往下一拉。

鍋瓢驟然落地砸出一陣響亮動靜，同時迴盪在廚房裡的還有趙天昊焦急的大叫。

「曉潔！」

一刻幾人扭頭一望，只見吳曉潔跌坐在烤箱前，面色惴惴，彷彿受到莫大驚嚇。

「怎麼了？發生什麼事了？」一刻大步走來，不忘留心廚房門口，就怕有怪物循聲而來。

「裡面……裡面……」吳曉潔伸手指著打開的烤箱，嗓音顫抖，面色發白。

趙天昊彎身看向烤箱，「裡面怎麼了嗎？我什麼都沒看到。」

「不可能！」吳曉潔驚慌地喊，雙眼不敢再直視烤箱，「我看到有人，有一個男人的屍體！」

「什麼？屍體!?」柯維安大驚，想跳到一刻身上尋求保護。

沒跳成功，被一刻扣住腦袋，嫌棄地往旁一推，接著一刻大步走向烤箱。

柯維安與項溪也迅速圍過去，想弄明白眼下的狀況。

吳曉潔說有男人屍體，趙天昊說什麼也沒看見。

一刻探頭往烤箱內一看，就如趙天昊說的一樣，「裡面什麼都沒有。」

「不可能，我明明看到了！」吳曉潔猛然抬頭，不相信地直指著烤箱，「你們看，就在……」

吳曉潔瞠目結舌地直瞪著前方，大型烤箱裡壓根沒有東西，更別說什麼男人的屍體了。

「怎……怎麼會？」吳曉潔錯愕萬分，她轉頭看向其他人，又看向趙天昊，「你有看到吧？你剛明明也站烤箱旁邊……」

「我眞的什麼都沒看到。」趙天昊搖頭，伸手想拉女友起來，「妳會不會是精神太緊繃？」

「我沒有！」吳曉潔氣急敗壞地揮開朝自己伸來的手，她咬咬嘴唇，自己從地上爬起，「我確定沒眼花，我剛眞的看到一個男人胸口插著刀，躺在地毯上……」

吳曉潔的表情忽然轉爲茫然，也意識到這說法不對勁。

烤箱內怎麼可能會鋪著地毯？她眞的是太緊張產生幻覺了嗎？

「妳別想太多。」趙天昊拉起女友的手，大掌收緊，給予安慰，「會沒事的，一切都會沒事的。」

熟悉的語氣和態度讓吳曉潔一時忘了先前對對方避之唯恐不及。

兩人好像又回到什麼事也沒發生的時候。

一刻和項溪沒忘記替不在場的幾人挑選武器。

「東西都拿好的話，我們就去找……」一刻的話沒來得及說完，年輕女性的尖叫下一剎那從外頭傳入廚房。

「啊啊啊啊啊啊！」

這聲音！

一刻和柯維安心頭一凜，飛速對視一眼便拔腿往廚房外衝。

是蔚可可！

大廳裡發生什麼事了？怪物又出現了嗎？是哪一種怪物？蔚可可是遇到什麼危險了？

諸多揣測在一刻腦海轉圈，讓他的神經跟著更緊繃。

見一刻他們往外跑，項溪等人也趕快追上。

他們穿過餐廳和走廊，一繞進大廳裡，首先就被昏暗的燈光嚇了一跳。

多盞燈不知因何緣故暗下，讓大廳內的光線變得暗沉，彷彿從白晝踏入黃昏。

接下來見到的一幕更讓一刻他們呆住。

以爲陷入危急的鬈髮女孩抓著鍵盤，拚命地往一隻怪物臉上打。

啪啪啪的響聲讓人想到不停歇的巴掌。

「哇啊，這……」柯維安一時不知該發表什麼意見才好。

是關心蔚可可嗎？

但人看起來不只沒事，還正在狂揍怪物。

是關心那隻怪物嗎？

那也不對啊，怪物又不是他們的同伴。

一刻決定問在場最沉著冷靜的蔚商白，「你妹這是怎麼了？」

「受到驚嚇後的樣子。」蔚商白推推眼鏡。

一刻：「……」

不，受驚嚇的是地上那隻……大象吧。

老實說，一刻也不曉得該怎麼稱呼正被蔚可可痛打的怪物。

它的下半身像馬，蹄子又黑又大，上半身像人，然而臉上只有一根長長的象鼻，沒有其他五官。

第一眼看覺得驚悚，只不過它現在可憐蜷縮在地的模樣，大大削減了那份可怕。

「怎麼回事？」項溪問著自己的兄弟。

「那麼一回事。」項冬有說跟沒說一樣。

毛茅嘆口氣，主動擔下說明的任務。

「我們本來在櫃台後找資料，蔚大哥先察覺有怪物靠近，要我們大家躲好。後來沒聲音了，可可姊以爲怪物離去，想看一下外頭動靜。」

「對……」蔚可可停下毆打動作，手裡抓著鍵盤，氣喘吁吁地說，「我還先用手機確認，我可是很小心的。」

一刻不解，「既然都小心了，那這怪物？」

蔚可可氣呼呼地說，「你們不知道它多陰險，居然躲在牆邊，再偷偷摸摸地伸出鼻子！那大鼻孔就蓋在我頭頂上，嚇死我了！」

眾人：「……」

現在比較像怪物被妳嚇死。

話說回來，這還是一刻他們第一次見到有怪物被打不還手。

絲毫不像先前那些怪物一副凶神惡煞，看到他們就巴不得撲過來一口吞下。

眼前的怪物雙手抱頭，像隻小蝦米縮著身體。

不，該說大蝦米，它的體型目測比全部人還要高大。

蔚可可打得累了，把鍵盤往櫃台上一擱。

「妳那個是哪來的？」一刻還是忍不住問了。

「就櫃台電腦的鍵盤，因爲被嚇到腦袋一片空白，沒多想就硬拔下來，先往怪物鼻子砸過去。」蔚可可說起當時的心路歷程，「砸完鼻子又被它的臉嚇到，反射性就砸向它的臉。」

說到後來，蔚可可也不禁摸摸鼻子，感覺那時候的自己也有些莽撞。

蔚可可嘆氣，「人被嚇到眞的容易會失……」

蔚商白接下去，「失智。」

蔚可可抓狂，「啊啊啊！老哥你是王八蛋，我才沒失智！」

「燈怎麼會暗那麼多？」一刻無視單方面和兄長吵起來的蔚可可，改問毛茅。

他現在知道了，這個年紀最小的才是所有人當中最可靠的。

「這我也不太清楚。」毛茅皺起一張可愛的臉蛋，「我們躲起來的時候，燈就開始逐漸變暗，應該跟那隻怪物脫不了關係。」

「它完全沒攻擊你們？」一刻又問。

毛茅很認眞地搖頭，「沒有呢，它跟我們之前遇上的怪物好像不太一樣。」

雖說外表一樣嚇人，可到目前爲止都沒做出實際傷害他們的行爲。

柯維安站在一邊，抱著胸，眉頭緊鎖，像是正思索一個極深奧的問題。

一刻沒打擾他，結果他下一秒自己先高喊出聲。

「象鼻人！就叫象鼻人好了！」

「……啊？」一刻莫名其妙地回望。

「怪物啊。」柯維安笑嘻嘻地說，「有名字才好叫嘛。」

「這個怪物好像在變淡……」趙天昊喃喃地說，隨後吃驚地喊著眾人，「你們快看！」

倒在地板上的象鼻人漸漸轉爲透明，最後像團空氣蒸發在大家眼前。

突來的變故讓所有人愣住，不約而同地再看向蔚可可。

蔚可可也一臉震驚，「欸欸欸我把它打死了？眞的假的！」

趙天昊說，「跟其他怪物比起來，它好像特別弱。」

項溪問，「所以它到底是來幹嘛的？」

項冬猜測，「把燈關掉？」

幾人再看著明滅不一的燈泡，對於象鼻人的出現越發不解。

毛茅拿出他的手機，播放影片，「我之前有偷偷放在地上拍，應該有拍到什麼。」

畫面裡，大廳空無一人，只聽到噠噠噠的聲響出現。

象鼻人走進鏡頭裡面。

它的體型強健又高大，身高起碼直逼三公尺。

這讓所有人更加難以理解，擁有這體格的怪物竟然會被蔚可可打趴？

「它是不是……特別弱不禁風？特別好打倒？」蔚可可只能這麼猜想，不然連她自己都解釋不出來。

象鼻人的蹄子踩在地板上，噠噠噠的聲音時響時停。

當它停下來時，它仰高頭，鼻子伸得高高，直到觸及天花板的燈。

碩大的鼻孔往外擴展，就像張攤開的網，要將燈整個包圍住。

下一瞬，所有人都見到被象鼻接近的燈立時暗下，有如光源被鼻子吸走。

「它……它吸燈！」蔚可可震驚地嚷。

「感覺更像吸光。」趙天昊分析道，「燈還在，就是暗了。」

可以看見影片裡的象鼻人悠悠哉哉地走著，看見哪盞燈合它意，就靠過去吸一吸。

大廳裡的燈就是這樣一盞接一盞暗下。

柯維安露出嚴肅的表情，「那不能叫它象鼻人了，我決定……叫它吸光者！」

「叫什麼不是重點。」一刻懶得送上白眼，「它吸光要幹嘛？它……」

一刻話聲中斷，一個不可思議的猜想如石頭墜入湖面，瞬間激起一波波漣漪。

他瞳孔一縮，不妙的預感縈繞心頭。

「幹幹幹！它要是把光全吸了，那不就是黑暗降臨了？」

給出古怪指示的電話女聲說了：請在黑暗降臨之前，成功找出殺人魔並完成指認。要是黑暗降臨前沒找出的話會怎樣？

眾人面面相覷，沒人知道答案。

可隱隱約約，誰都有股不祥的預感。

「你們有找到什麼嗎？」一刻問向蔚商白他們。

「飯店名字有眉目了。」蔚商白點點頭，「跟山茶花有關。」

「但我們不知道知道名字後能幹嘛。」蔚可可感覺自己像在說繞口令，把自己都繞暈了。

「直接喊出飯店名字，就會得到新線索之類的？」毛茅隨意猜想，「山茶飯店？茶花飯店？椿花飯店？」

一連說了好幾個飯店名字，周圍並沒有發生任何變化。

大廳裡依舊籠罩晦暗燈光，窗外仍是暗紅天色。

但不管如何，怪物消逝都是好事。

毛茅手指滑過螢幕，跳出相簿，正要收起手機，一截陰影猝不及防地從上蓋下。
他維持握著手機的動作，僵硬不動，螢幕光線映亮他力持冷靜又難掩一絲緊張的臉。
兩旁的項冬、項溪更是全身緊繃，卻也不敢輕舉妄動，眼底寫滿焦灼。
吳曉潔差點發出尖叫。
趙天昊眼疾手快地將她拉入懷裡，一手先摀上她的嘴，就怕驚動冷不防出現的……怪物。
被柯維安命名為「吸光者」的象鼻怪物就這麼平空出現。
它沒發出丁點聲音，就這麼安安靜靜地站在毛茅身後。
高舉長長的象鼻，偌大的鼻孔就罩在毛茅上方，好似隨時能將那顆紫色腦袋吞進去。
蔚可可看上去比毛茅還心急，不停用氣聲說，「別看上面，別抬頭看上面。」
毛茅沒動，視線緊黏在周邊同伴們的臉上，好從他們的表情來判斷自己接下來該怎麼做。
他耳朵尖，自然聽見了蔚可可的警告。
他沒有貿然抬起頭，而是手機飛快切換至相機模式，藉由鏡頭照出上方景象。

這一看，毛茅硬是忍住了抽氣，也總算明白為什麼蔚可可會拚命想警示他。象鼻深處赫然還躲藏著一張人臉。

人臉有眉毛、眼睛、嘴巴，唯獨沒有鼻子。

分不出是男是女的臉孔像掛著古怪的笑容，隨即那張嘴巴咧得大大的，接著再奮力縮起。

驚見人臉嘴形改變，似要大力吸取什麼。

毛茅神情驟變，不假思索地拔腿就跑。

面對毛茅的逃離，吸光者沒有任何動作，仍如柱子般站在原地，甚至連舉起的象鼻也停留在原位，沒有追上。

項冬一把將人扯到身後。

項溪手持切肉刀，預防吸光者有任何攻擊行為。

吸光者依舊站著不動，但所有人隱約聽到一聲類似打嗝的聲響。

吸光者就像滿意地晃晃腦袋，象鼻往大廳另一盞燈抬起，四蹄噠噠噠地往那邊走去。

彷彿忘記了一刻等人的存在，又或是不將他們放在眼裡。

不管是哪一種，對一刻他們來說都是好事。

即使蔚可可之前成功暴打過吸光者一頓，可誰能知道具備異形姿態的怪物是否還藏著未知的殺傷力。

「沒事吧？」項冬憂心忡忡地抓著毛茅轉一圈。

「有哪邊不舒服嗎？」項溪抓著毛茅往另一邊也轉了一圈。

眼看兄弟倆還想抓住自己繼續轉圈，毛茅立刻往後跳開，「我沒有覺得哪裡不舒服，完全沒有。」

「它……就這麼離開了？」吳曉潔吶吶地說，「什麼也沒做？」

「如果什麼都沒做，也沒必要把鼻子放到毛茅頭上。」一刻想不透這個舉止的用意。

「說到鼻子，我剛有拍到它的鼻子內部……」毛茅按著手機，想叫出照片給大夥看。

但暗下的螢幕始終沒有亮起，如同進入關機狀態。

「突然關機了？」毛茅不解地按著開機鍵，按了好一陣，手機卻毫無反應，「咦咦咦？」

蔚商白剛才目睹蔚可可碰上吸光者的光景，再結合毛茅現在發生的事，不禁想到一個可能性。

「可可，妳的手機能打開嗎？」

「嗯？當然可以。」面對兄長突如其來的問題，蔚可可不明所以，還是把手機拿出來。

只是她的信誓旦旦在下一刻化成不敢置信。

「怎麼沒反應？」蔚可可試按了幾次，螢幕還是漆黑一片，「爲什麼？它是當掉了嗎？」

想到這個可怕的可能性，蔚可可哀號一聲，「不是完全死機了吧！不要啊！嗚嗚它死得好慘，哥、哥，買一支新手機給我，拜託啦！」

「妳作夢都比較快。」蔚商白回予無情的答案，「妳沒發現手機不亮的原因嗎？」

「欸？不就是忽然掛了？畢竟這支也買好幾年。」蔚可可傻乎乎地回答，直到她迎上蔚商白像看朽木的眼神，「呃，不是？」

柯維安腦子轉得快，「吸光者，吸收光線……啊啊，我知道了！你們兩個手機的光，該不會也是被它吸走了？」

所有人齊刷刷地看向猶在慢悠悠物色目標的象鼻怪物。

只要長鼻一捲過去，鼻孔賁張，燈泡隨之暗下。

是了，毛茅方才的手機是亮著的。

而再更之前……蔚可可的手機舉高至櫃台上，才會被吸光者注意到。

知道吸光者連手機的光都會吸得一乾二淨，眾人不敢繼續逗留大廳，以免手機一拿出來，就被迫成爲一塊廢鐵。

更何況他們還得在飯店所有燈光暗下前——

找出殺人魔。

第七章

相較其餘碰過的怪物，吸光者可說是格外另類。

它沒有攻擊性，也不曾對人展現出危險，只會受到光線的吸引，進而一口氣吸收掉光源。

吸光者的數量不知有多少，若數量多，光線被吸收得快，他們的時間就會變得更加緊迫。

蔚可可也不知道，但她能確定他們在大廳裡碰到的是同一隻。

並且有理有據。

弄壞毛茅手機的吸光者耳朵上，卡了一個小小的黑色鍵帽。

顯然就是被她用鍵盤毒打一頓的那一隻。

深怕後續再出現更多吸光者，一行人抓緊時間，帶著從廚房、餐廳收集來的武器，搭乘中間的電梯直奔五樓。

當電梯來到五樓，奇異的事情隨之發生。

原先新穎的梯廂與電梯門頓如經過漫長歲月的洗禮，轉眼變得老舊破敗。三面牆壁平空出現多張泛黃剪報，黑白照片和文字排列在一起，上頭散布了不少黑漬與空格。

「哇啊！」就算聽一刻他們提過，柯維安親眼目睹時還是忍不住驚呼一聲，「還眞的是……」

「誰有帶筆？」一刻看著剪報上的空格問道。

項冬和項溪雙雙舉手。

他們不只帶了一支，還是帶了一套十六色的彩色筆。

搬出的還是同一個理由。

身爲打工人，身上帶很多顏色的筆是理所當然。

知道兩兄弟打工內容的一刻只覺無言。

剪報上的飯店名字是兩個空格，顯然答案只有兩個字。

蔚商白握著筆，想著在大廳櫃台找到的線索。

飯店的小物、備品都是白底搭配山茶花花紋。

還有「椿」這個字……

思索一會，蔚商白寫下答案。

——白椿。

隨著這兩字寫進空格裡，剪報上原先像被墨漬塗抹的地方霍然有了變化。

黑色淡去，露出底下的文字。

白椿飯店外面種植許多白色山茶花，飯店也以此作爲代表圖像。

接著是越來越多黑漬消失，剪報上的一行行文字清晰進入眾人眼裡。

白椿飯店一向以賓至如歸的服務受人稱讚，期望來客能把這當成溫暖的家，工作人員皆是客人溫暖的家人。

白椿飯店遭逢土石流意外，傷者十六人，死亡人數三人。

白椿飯店發生命案，經警方調查，發現兩人胸口、後背皆有多處刀傷，明顯是遭人殺害。

當所有剪報上的文字都清楚浮現，電梯內竟又出現異變。

彷彿有陣無形強風吹過，沒完全黏死在壁面上的剪報全被吹下，一張張飄落至地面。碰觸到地板，這些紙張就像化爲蒸氣，須臾間消失在眾人眼前。

異變沒有就此停止。

牆壁上出現新一批剪報。

泛黃的白紙上寫著令人怵目驚心的文字。

□□□，殺害多人，被害者沒有關聯性，判定爲隨機殺人……造成市裡人心惶惶。

□□□因犯案手法，被媒體稱爲生日殺人魔。

會在被害人的背部用特殊顏料寫下自己的生日，經檢驗，顏料裡加入……

□□□潛入白椿飯店，趁機殺害飯店的兩名房客，據了解，兩名房客……

分別是……

白椿飯店發生土石流意外，土石流沖破玻璃，灌入五樓樓層，淹沒大半。事後從土石裡挖出三人遺體，

經調查，其中一人赫然就是惡名昭彰的生日殺人魔。

□□□獨自在外租房，住在地下室，鑽研邪術。

在他的住所查到……刻下的生日就是他的記號，他堅信死後能循著記號找到他的……發現他飼養一隻大老鼠，還找到多隻幼貓殘骸。

據推測，□□□將幼貓作爲食物，餵食給他飼養的老鼠。

他的一連串行爲可說手段凶殘，泯滅人性。

全是關於生日殺人魔的資料，只是最關鍵的內容都是空格或黑漬。

「太變態了吧……」蔚可可看到最後忍不住摀嘴、別開臉，濃濃的厭惡感直襲而來。

「挖出遺體……」吳曉潔心驚肉跳地看著其中一行字，「殺人魔已經死了？所以他是鬼魂？我們要找出一個鬼藏在哪裡？」

「還是一個熱衷邪術的鬼。」毛茅皺著可愛的臉蛋，「我們現在碰到的那些怪物，難道都是那個殺人魔搞出來的嗎？」

「饒了我吧……」柯維安按著額頭，痛苦地呻吟一聲，「那些怪物糟透了！」

不管怪物有多糟，一刻他們都得主動接觸。

這些剪報的出現就是提示，要他們設法找出殺人魔的名字，塡進空格裡。

而至今爲止，他們找到的與殺人魔相關的東西，就是從那些從工作人員身上掉落的日記。

照慣例地拍下第二輪剪報，幾人才離開電梯，開始四處尋找工作人員或怪物的蹤跡。

有了武器在手，他們面對怪物時總算不用陷入被動，可以主動展開攻擊。

他們運氣不錯，碰到幾個不算太危險的紙片人，從對方身上得到了單張日記頁。

柯維安不由得感嘆一聲，「我們這樣感覺像打怪掉寶啊。」

雖然掉的都是殺人魔的日記，上面寫的還淨是些怪異語句。

我會新生，我可以巨大，可以削瘦。

我會新生，我可以來去自如，可以千變萬化。

我已經……

要是能夠許願，柯維安還眞希望掉點別的東西。

例如小天使的照片啊、照片啊、照片啊。

要是一刻能讀到柯維安的想法，就會直接一拳頭砸過去了，再順便附帶一句斥罵。

媽的變態！

一刻等人從樓梯跑上七樓時，樓梯轉角冷不防冒出一個工作人員。

暗紅人影一步步走下樓梯，鞋底噠噠噠地發出聲響。

打前鋒的一刻與蔚商白默契十足地往前衝刺，決心搶在對方有任何異變前先下手爲強。

他們速度極快，如同兩道疾行閃電。

可揚起的武器還沒落至工作人員身上，後者身子轉瞬已如氣球脹大，一層層可怕的贅肉堆疊晃動。

「氣球人！」柯維安抽氣地喊。

對眾人來說，這是他們最不想撞上的怪物。

隨著氣球人的身高拔至天花板，整個樓梯間也被它腫脹的身軀堵塞。

一刻和蔚商白的武器來不及撤回，尖銳的刀具刺中氣球人的身體，就像刺入一團軟爛泥沼。

他們使力想要拔出，卻感覺到一股更強大的吸力在與他們拉扯。

若再僵持下去，被吸入的恐怕不只武器。

一刻他們不敢冒進，果斷放棄武器，轉身逃離已吞吃刀器的怪物。

「快跑！離開這裡！」

即便一刻沒有厲聲催促，所有人的雙腳早已賣力抬起。
凌亂的奔跑聲迴盪在樓梯通道。
上樓的路徑被堵住，一票人被逼得只能往下跑。
但屋漏偏逢連夜雨，剛下到六樓，從殿後變成最前頭的項冬驚見到一抹暗紅。
另一個工作人員正從下方往上走。
一邊走，體型也宛如吹氣球般不斷脹大。
霎時出現了第二個氣球人。
「靠靠靠，沒這麼衰的吧！」柯維安喊出了眾人心聲。
一個氣球人已經夠棘手，現在居然出現第二個。
前後遭到夾擊，一刻等人沒其他選擇，只能腳步硬生生一轉，選擇跑進六樓。
沉重的踏步聲追在他們身後。
每一下不僅是落在地面上，也落在眾人心頭。
他們手上雖然還有武器，但這些東西都對氣球人沒用。
與其他怪物不同，氣球人根本不懼物理攻擊。

爲今之計，只能躲避，盡量甩開它們。

然而氣球人就像嗅到血腥味、緊追不放的鬣狗。

它們步伐加大加快，走廊間全是砰砰砰的聲音，有若擂鼓。

前往電梯的方向被堵住。

而且就算成功搭上電梯，也可能面臨電梯被卡住，或是從電梯井遭到攻擊的危險。

客房也失去了如同安全屋的庇護功能。

即便可以倚靠門板暫時抵擋，可若進入的房間沒有陽台，他們也無法由外逃離。

一刻等人被追逼得幾乎走投無路。

兩氣球人將他們逼到一條只有單向出口的走廊，最尾端是一間房門緊閉的房間。

雙開式的灰褐色門板讓那間房看起來不像一般客房。

眼看氣球人即將逼近，別無他法下，跑在最前頭的毛茅只能伸出手，用力推動灰褐

大門——

似乎就像項家兄弟說的一樣，毛茅在某方面確實帶著好運氣。

大門並未上鎖，輕易地被人推開。

門後是一間大型宴會廳。

室內布置金碧輝煌，設有多面大大小小的裝飾鏡子，其中一面牆壁鑲上了一整片大鏡子，用來增加空間感與凸顯光影的奢華感，隨處還能見到眾多白色山茶花擺飾。

最後跑進宴會廳的一刻關門、上鎖，目光緊接著落至旁邊的桌椅。

「有力氣的快過來幫忙！」蔚商白和一刻想到同一處，兩人馬上各抓著桌子一邊，抬到門前抵著。

見狀，其他人也加入幫忙行列，將一張張桌椅堵至門口。

把桌椅堆疊得如同一座小山，所有人往後退，緊張地留心門外動靜。

厚重的大門隔絕外面影像，可從越來越粗暴放大的腳步聲就能知道氣球人已來到宴會廳外。

在他們屏息間，震耳欲聾的聲響猛然砸進他們耳中。

氣球人撞上了大門。

木門猛烈晃動，桌椅堆成的小山也在晃動。

氣球人又繼續撞擊。

不過幾下，堅固的門板就像紙糊般破裂，桌椅嘩啦啦倒下，如同山崩。

再一撞！

門板竟從門框脫離，倒在坍塌的桌椅上，發出驚天動地的響動，也露出門外腫脹恐怖的身影。

「幹恁老師！」一刻飛速打量四周，想尋找能當武器的東西。

就算不能產生實質傷害，用來拖點時間也好。

宴會廳大門被撞毀，門洞大開，氣球人只要再一步就能入內。

氣球人往前跨步了。

可映入大夥眼中的卻是令人震愕的一幕。

氣球人彷彿被一堵看不見的障壁阻擋在外，怎樣也前進不了。

它依舊掛著怪異的笑容，表情似乎不曾變化。

它歪了一下頭，像是在表達它的納悶，接著大步往前走。

仍然進不了宴會廳。

「它進不來？」柯維安驚了，「這裡難道有什麼魔力嗎？」

有沒有魔力一刻不清楚，唯一能確定的是氣球人被成功攔在外面。

試了兩次都無法跨過門洞，氣球人乾脆使出力氣，蠻橫地往前衝撞。

得到一樣的結果。

另一個氣球人擠開同伴，如法炮製。

它們彷彿感受不到痛楚，一下下向前撞擊，又一次次遭到阻礙。

透明障壁被撞得砰砰作響，宴會廳好似快搖晃起來。

桌椅亦隨之震晃，彷彿整個廳堂面臨一場地震。

在這陣讓人心驚膽顫的劇響中，一聲尖銳聲響傳來。

啪哩！

所有人反射性回頭，見到大鏡子無故裂出一條縫隙，鏡裡映出一張張愕然的臉。

下一瞬，愕然混入驚異。

裂出紋路的鏡面平空出現鮮紅字跡。

簡直就像有人拿著蠟筆或口紅之類的東西在鏡子上粗魯塗抹。

紅色顏料歪歪斜斜地寫出一行字。

一起玩一次。

「玩什麼？爲什麼會有字出現在鏡子上？」吳曉潔恐慌地不停張望。

放眼望去，宴會廳裡就只有他們幾人，根本不見其他存在。

就在這時，門外的氣球人像是也撞累了，或者失去耐心，放棄再魯莽行事。

臃腫的兩張臉孔向前擠壓，兩雙眼睛死死盯著裡面不動。

這畫面說有多詭異就有多詭異。

蔚可可都起一身雞皮疙瘩了。

氣球人一停下衝撞，周圍頓時變得異常安靜，丁點聲響都格外清楚。

耳力敏銳的幾人隨即捕捉到一聲細微響動。

有東西掉落地上，是個小小的醬油碟。

室內不知從哪吹來一陣風。

一張薄薄的紙乘著氣流飄在半空，再緩緩飄下，最後躺在眾人的視線中。

趙天昊站的位置最近，一把抓起那張紙，力道不小心過大，將紙抓得縐巴巴的。

他匆匆掃了一眼，表情瞬間變得僵硬。

「什麼東西？」吳曉潔控制不住好奇心，湊過去望了一眼，換她臉上血色盡褪，還發出一聲驚懼的悲鳴。

抓在趙天昊手上的紙變得格外燙手，他像是不知該拿它怎麼辦，最末抿著唇，慢慢把它放在地面。

所有人都看得一清二楚。

那是一張寫滿注音符號的紙，中間畫了一個圓，裡頭寫著大大的「本位」兩字。本來躺在地毯上的白色小碟子像被看不見的力量推動，往前滾了幾圈，最後壓在紙上一角。

小碟子、寫有「本位」的紙，再結合鏡子上無端出現的紅字……

要玩什麼這下可以說是不言而喻。

碟仙。

令人喘不過氣的死寂籠罩整間宴會廳。

柯維安扭頭看一眼像兩坨肉山擠在門口的怪物，再望向地上準備好的碟仙道具。

他的表情一下繃不住，擠出扭曲的微笑。

柯維安喜歡不可思議、超自然的東西——當然這些東西都超越不了可愛小天使——否則一開始也不會和蔚可可跑來這玩電梯遊戲。

換作平時，他肯定很樂意嘗試碟仙，看能召來什麼。

但不是現在。

現在他們正待在一幢充滿怪物、找不到出口的飯店，門外更站著虎視眈眈的氣球人。

要他們在這種時候、這種地點玩碟仙？

這是玩他們小命吧！

「太刺激了。」項溪喃喃地說道。

「刺激過頭。」項冬也同意。

「媽的！」一刻用力搓揉一把臉，感到進退兩難，「你們怎麼看？」

不待其他人提出看法，本像電線桿立著不動的氣球人赫然又有了動作。

一具充斥贅肉的身軀猝不及防再撞向門洞。

它撞完，再換另一個氣球人撞。

驚天動地的砰砰響動接連不絕。

隨著累積的撞擊次數越多，所有人都看見本來空無一物的門洞位置猝然閃現一排排文字。

閃動速度很快，一眨眼就會錯過。

經過幾次閃晃，蔚可可最先嚷出來，「上面有寫本位！我看到了！」

意識到自己喊出什麼，蔚可可頓時表情震驚地回望眾人。

用來請碟仙的白紙正中央，同樣寫著「本位」兩個字。

「該不會……」趙天昊慢慢地說，「是碟仙的力量在攔住它們？」

這原因聽起來令人匪夷所思，可擺在眾人眼前的事實又似乎說明了就是這麼一回事。

現下也沒別的選擇，眾人只好拾起地上的碟子與紙，找張桌子圍在旁邊玩起碟仙。

鏡面上寫著「一起玩一次」。

擺明要所有人都參與召喚碟仙這個遊戲。

吳曉潔面白如紙，好幾次手指伸出去了，又忍不住縮回來。

她不敢相信其他人居然真的要聽信那行紅字的話，瘋了才會在這種怪物橫行的地方玩碟仙。

但門口方向不停傳來的撞擊聲讓她不住寒毛直豎。

最後她咬咬牙，還是把手伸出去了。

說也奇怪，當所有人把食指壓按在碟子上，門洞前驀地閃過一陣白光。

暈開的光芒中，漆黑文字如流水浮現。

上面分布著注音符號與本位，乍看下就像一張召喚碟仙用的大型紙張。

隔著那層半透光輝，一刻他們還能瞧見怪物身影。

兩個氣球人停下衝撞，臉用力往前擠壓，眼睛被壓成奇形怪狀，讓它們本就可怕的面容變得更是駭人。

它們眼珠子左右轉動，像在尋找什麼，又像透出一股迷惑。

毛茅看出來了，「它們……是不是在找我們在哪？」

一刻說，「那光該不會有遮擋效果？」

柯維安認同，「甜心，我覺得看起來好像是耶。」

眾人不約而同地再看向手指壓按住的醬油碟。

「那碟仙還得玩嗎？」蔚可可真誠地發出疑問，「那兩個怪物看不見我們了，等它們走了，我們就能從這離開了吧？」

吳曉潔立即迫不及待地抽回手。

不料她手指一拿開，大門前的半透白光倏地變淡。

氣球人的眼睛牢牢鎖定一刻幾人所在位置。

「快放回去！」趙天昊反應快，馬上握住女友的手指放回小碟子上。

說也奇怪，當所有人的手指再放一起，白光霎時又變得凝實。

氣球人眼珠再次狐疑地四處轉動。

這下誰都明白過來，倘若不玩一次碟仙，門口的奇特力量就會失效。

「要怎麼玩？」一刻眉心擠出深深摺紋。

他怎樣也沒想到，有一天自己竟會主動玩碟仙。

其他人也面面相覷。

他們都聽過碟仙，卻不曾真正玩過，不理解實際流程。

畢竟那可不是什麼普通小遊戲。一個弄不好，隨時可能玩出問題。

「我我我！」柯維安自告奮勇地舉高手，「我知道，我以前研究過啦！」喜歡不可思議的人，自然不會放過碟仙、錢仙、筷子仙等等的超自然存在。在柯維安的帶領下，眾人總算知道該怎麼進行召喚。

「碟仙碟仙，你是我的前世，我是你的今生。我們密不可分，請聽從我的呼喚，現身在我們面前來吧。」

「碟仙碟仙，你是我的前世，我是你的今生。我們密不可分，請聽從我的呼喚，現身在我們面前來吧。」

「碟仙碟仙，你是我的前世，我是你的今生。我們密不可分，請聽從我的呼喚，現身在我們面前來吧。」

經過三次複誦，原先靜靜躺在本位上的小碟子開始震動。震晃力度相當明顯，宛若要把上面所有壓按的手指都震開。眾人神經緊繃，不敢細思在這種充滿怪物的地方，他們召喚來的碟仙究竟會是什麼。

「手指千萬不能拿開。」柯維安連忙提醒，「要牢牢按在碟子上面。」

「再來該怎麼做？」一刻催促地問。

「再來就是問問題。」柯維安老實交代，「看有什麼問題想問的，等碟仙回答完畢，再把它請回本位就算完成。」

但在這種情況下，該問什麼問題？

眾人目光交匯在一起，電光石火間，一個共同想法躍出腦海。

其中幾人更是直接脫口而出，「殺人魔！」

是了，那通電話要他們指認殺人魔。

完成這項要求的前提是，他們得先找出殺人魔在哪。

「那我來問。」柯維安毫不遲疑地擔起這個責任，「大家都別跟我搶。碟仙碟仙，這間飯店裡的殺人魔現在躲在哪裡？」

他們瞬間感覺到手指下的小碟子緩慢但確實地移動。

它一一滑過多個注音符號，把它們全部拼起來，就變成一句完整的話語。

——在你左後方。

問話的人是柯維安。

碟仙回答的對象也是柯維安。

當娃娃臉男孩反應過來那四字的含義，寒意也瞬間入侵他的四肢百骸，頸後更像是有人突然吹了口冷氣。

吹得他寒毛直豎，他一個激靈，猛然扭頭往左後方看去。

什麼人也沒有。

只有一面裝飾性的小鏡子映出他驚悸的臉，以及同樣嚇得驚恐萬分的吳曉潔。

旋即蔚可可的臉也靠過來，落進鏡子裡，「小安你左後方根本沒人啊。」

「我身後要是突然冒出人，我會先被嚇死吧……」柯維安嘴上這麼說，實際上仍被驚出一身冷汗。

眾人對碟仙的回答百思不解。

柯維安左後方明明沒人，就連鏡子裡也沒出現怪異跡象。

強壓下驚魂未定，柯維安不死心地繼續問，「鏡子裡難道有殺人魔的線索嗎？」

碟仙毫無反應，連動都沒動。

接下來不論柯維安問了什麼，白色小碟子皆是靜靜不動。

如同呼應鏡子上的那排紅字——一起玩一次。

只要玩一次。

最後柯維安還是照著該有的流程，與眾人一起將小碟子移回本位。

「這碟仙可眞奇怪啊……」柯維安撓撓頭髮，「要我們玩碟仙，但回答問題又答非所問。」

沒想到就在柯維安話聲落下的剎那間，響亮的破裂聲自鏡上發出。

紋路彷彿縱橫交錯的傷疤，立時讓鏡面徹底四分五裂，劈里啪啦地向下砸落。

眾人被突來的變故嚇到，慌亂中急急往後退，以免被鏡子碎片傷到。

破碎的鏡子散落一地，反射燈光，像一塊塊發亮的寶石。

一刻等人的目光不在鏡子碎片上，而是怔怔地直視前方。

一張泛黃的圖紙黏貼在鏡後的灰牆上。

紙上有著臉部被塗抹成一團黑的人像，人像底下是兩行字。

殺人魔，[redacted]。

民國　年　月　日，生。

半晌後，有人遲疑地發出聲音。

蔚可可吶吶道，「這是……碟仙送線索來了？」

線索自動送到眼前是好事。

但問題也馬上來了。

「這是要填入正確生日，才會解鎖……」柯維安遲疑地看著殺人魔旁邊的黑漬，「呃，殺人魔姓名？」

蔚商白想得更多，「說不定還有五樓電梯裡新增加的那些剪報。」

剪報上全是關於殺人魔的犯罪事蹟及生平。

先前他們解出飯店名字，剪報上的污漬自動消失。

由此看來，這張類似通緝令的紙，或許也被賦予了同樣效果。

只要他們寫出正確答案，通緝令和剪報也會恢復最初原貌。

「要怎麼找出殺人魔的生日？」趙天昊死死皺著眉，問出最關鍵的問題。

沒人知道殺人魔的資訊，更不可能認識他。

如此一來，簡直像瞎子摸象。

「不可能完全沒線索。」蔚商白說，「我們有他的日記。」

「但日記上寫的都是一些狗屁不通的玩意。」一刻馬上說道。

至今收集到的日記頁都在柯維安身上，他掏出所有紙張，攤在大夥面前。

再看一次，仍是同樣感想。

那宛如精神病患者的自言自語。

「我們還需要更多日記。」蔚商白冷靜做了結論。

這句話的意思是——他們還得去找更多工作人員或怪物。

一樓目前有吸光者。

它的身上沒有制服殘骸，也不像其他怪物會攻擊人。

一刻他們大膽推論，它與工作人員或許沒有關聯。

將一樓先排除，他們要想辦法從十二層樓裡再找出更多怪物才行。

而想提高效率，節省時間，就得分頭行動。

但也不能單打獨鬥，畢竟要面對的可是怪物，人少就怕容易出事。

經過一番簡單討論，隊伍很快分出來了。

一刻、柯維安、蔚商白和蔚可可一組。

毛茅、項冬、項溪、趙天昊和吳曉潔一起。

吳曉潔對這分法有些抗拒，她不想跟趙天昊待在一起。

就算一路上男友看起來正常得很，她心裡深處終究藏有一絲不安。

她還是無法忘懷對方突然像變了一個人，恨不得掐死自己的猙獰模樣。

然而一路上他表現出來的態度太平靜了，像什麼事也不曾發生。

他是真的不記得自己做過什麼嗎？

這個疑惑就像石頭一樣，沉甸甸地壓在吳曉潔的心頭上。

「曉潔妳怎麼了？過來啊。」見吳曉潔仍舊站著不動，趙天昊想過來拉人。

「別碰我！」吳曉潔像隻受到驚嚇的兔子，想也不想地往後跳。

「曉潔？」趙天昊愣住，女友猶如碰上毒蛇猛獸的態度，讓他臉上閃過不解及一抹受傷的神色。

「我……」吳曉潔知道自己該努力保持冷靜，可當趙天昊一靠近，她總是會難以抑制地想起他對自己動手的事。

一旦想起，身體就會反射性地產生抗拒和顫慄。

「我跟宮同學他們一起好了。」吳曉潔垂下眼，不想直視趙天昊震愕的臉，「天昊你跟項同學他們。」

「妳在說什麼？」趙天昊不能理解，急切地想再拉住女友的手。

他手臂剛舉起，就看到吳曉潔露出避如蛇蠍的表情。

「曉潔妳……」趙天昊一呆，不明白自己女友究竟怎麼了，「我們好不容易才會合……」

「哪有什麼爲什麼？我只是……」吳曉潔別開臉，語速不自覺加快，「我就是想說，宮同學他們那邊才四人，又有女孩子，我過去的話比較公平吧。」

「妳這樣我哪可能放心？」趙天昊一點也不認爲這是眞正理由，「妳快過來我這。」

「我不要！你不懂嗎？」吳曉潔先前一直積累在心底的害怕、不安，以及憤怒，一口氣如火山噴發，「因爲我不想跟你待在一起！」

「我做錯什麼了？如果是因爲我那麼慢才找到妳，是我不對……」趙天昊焦急道歉。

「不是這個問題！」

「那到底是什麼問題？」

「你居然還問我？當然是我怕你殺了我！」

「什——」趙天昊啞然，幾乎懷疑自己聽錯。

「欸？」蔚可可一時憋不住，失聲喊出一個音。

接收到蔚商白遞來的目光，她趕緊摀著嘴巴，縮縮肩頭。

柯維安還是頭一回知道這對情侶間存有這個問題，他小聲地問著一刻，「你們知道？」

一刻點點頭，「大概而已。」

面對趙天昊震驚又茫然，好似什麼錯事也沒做的表情，吳曉潔忍無可忍，一股腦地把怨氣全發洩出來。

「我不明白你為什麼可以像沒事人一樣……在我們兩個一起逃跑的時候，你忽然掐我脖子！你想掐死我！」

「妳在胡說什麼？我怎麼可能會做那種事！」趙天昊變了臉色。

「你連自己做的事都忘了！」吳曉潔撥開肩前髮絲，露出頸上未消的指痕。

趙天昊似乎被那駭人的指印震住，好半晌說不出話來。

看到趙天昊受到莫大打擊的神情，吳曉潔像出了一口氣，心裡卻有股自己也難以明白的惘然。

最後，她還是分到一刻他們的隊伍裡。

趙天昊沉默地目送著女友的背影遠去，拳頭不自覺攥得死緊，直到吳曉潔消失在視野中都沒再出聲喊住她。

「唔，我覺得你很想追過去，但我不建議這麼做。」毛茅說，「那位姊姊可能反應會更激烈。」

「我知道。」趙天昊嘶啞地說。

「小朋友，你和另外兩個之前就看出來了？」項冬冷不防問。

另外兩個指的是一刻和蔚商白。

即便項冬問得沒頭沒尾，毛茅也知道他指的是什麼。

「啊……」毛茅輕吐出一口氣，「看出來了，但不好直接說出來。」

因爲吳曉潔的表現不像說謊，她對趙天昊的警戒與抗拒也是眞的。

「吳小姐脖子上的那個……」項溪也不在意在趙天昊面前挑明，「看方向就知道了吧。」

趙天昊嘴裡發苦，一顆心就像泡在苦水裡。

原來其他人早就看出來了。

「我不知道爲什麼會變成這樣……」趙天昊的視線仍停在吳曉潔他們消失的方向，但更像是在遙望過去的影像，「我們逃跑的時候，她突然像無法控制自己……」

所以當時他才會透過客房電話，請一刻他們避免吳曉潔做出自殘行爲。

趙天昊喃喃地說：

「脖子上的痕跡，是她自己掐出來的。」

一開始，趙天昊與吳曉潔所待的白椿飯店沒有任何異狀。

飯店客人並不多，因爲天氣預報說這幾天有豪大雨。

但趙天昊他們好不容易才用極優惠的價格訂到房間，不想因此就取消行程。

辦理完入住手續，在房裡休息一會，吳曉潔興致勃勃地拉著趙天昊出門，想先去二樓餐廳享受下午茶自助吧。

剛搭電梯到二樓，沒想到走廊上出現奇怪的身影。

它又瘦又高，像是一道黑影的影子，雙手格外地長，兩隻眼睛如青蛙往外突起，眼窩下還掛著白色絲線。

趙天昊和吳曉潔愣住。

「這是飯店準備的什麼餘興節目嗎？」吳曉潔呆呆地說，「但這個裝扮……會不會也太嚇人了？」

趙天昊留意的更多。

餐廳就在旁邊，裡頭卻安靜無比。

就連周圍都沒看見任何人，或聽見丁點聲響。

假如眞的是飯店安排，二樓應該不會如此悄無聲息。

而且那個不停轉動的眼睛太逼眞，簡直就像眞人的眼睛。

「天昊，我們應該……給他鼓個掌一下嗎？」吳曉潔還沒察覺到不對勁，傻乎乎地說，「他穿成這樣，感覺也挺辛苦的。」

瘦長黑影忽地邁開步子，往他們走近。

走了幾步後驟然加速，有如急衝過來的狂犬。

「這也是表演的一部分嗎？」吳曉潔猶豫地看著男友，緊接著那份猶豫變成了驚恐。

兩人面前，黑影人的手指變得尖銳，像是野獸的利爪，爪尖閃動不祥的寒光。

「快跑！」直覺情況不對，趙天昊拉著女友往樓梯方向衝。

他們倉皇跑至一樓，卻發現大廳裡空無一人，就連櫃台後的接待人員都不見蹤影。

飯店一樓此刻空空蕩蕩，有如一座荒蕪空城。

「怎麼人都不見了？」吳曉潔不安地四下張望，「進來的時候明明還有人啊！」

趙天昊緊緊握著吳曉潔的手，與她將一樓走了一遍。

仍舊一個人也找不到。

他們想到飯店外確認情況，結果才走到大門，就震驚地發現他們壓根出不去。

自動門毫無反應，動都不動一下。

趙天昊試著扳開玻璃門，可門扇文風不動，無論如何都閉得緊緊的。

「怎麼回事？」吳曉潔也加入扳門行列。但就算使盡全身力氣，還是拿面前的自動門毫無辦法，門怎麼會打不開。

兩人嘗試多次，依舊徒勞無功。

倏地，吳曉潔注意到旁邊還有一扇帶有門把的小門。

她跑過去一推，門沒有動靜。她以爲是被鎖住了，然而低頭一看，門並沒有上鎖。

吳曉潔後頸寒毛豎起，眼下情況明顯有古怪。

趙天昊想撥打飯店的客服電話，可手機一拿出來，發現收不到任何訊號。

吳曉潔也拿出自己的手機，同樣無法對外聯繫。

這下子，兩人的胃都像塞入大把冰塊，壓得他們透不過氣。

踏出房門後所碰到的一切太過古怪。

「天昊……」吳曉潔語帶顫音。

「我們先回房間拿行李，再去找其他的門！」趙天昊當機立斷地說。

他們重新搭乘電梯，回到房間收拾行李。

大部分東西都還沒拿出來，所以很快便收拾完畢。

這時兩人也顧不得會浪費住宿費了，只想快一點離開這詭異的地方。

他們的房間在五樓，本想再搭電梯下去，可剛出房間，就看到之前在二樓出現的怪異黑影竟然擋在走廊右側。

那道直抵天花板的影子背對著他們，似乎還沒察覺到他們的存在。

吳曉潔硬生生吞下差點逸出的驚喊，與趙天昊躡手躡腳地從左邊走，打算藉由另一條走廊前往電梯。

但這個計畫中途失敗了。

他們碰上另一個怪物。

同樣是一抹又瘦又長的黑影，眼珠骨碌骨碌轉動，一下就鎖定他們，緊追著他們而來。

趙天昊和吳曉潔只能從樓梯跑。

他們聽到下方傳出有人上樓的聲音。

只是那腳步聲聽起來很怪異，喀、喀，彷彿是銳物重重刺入地面再拔起。

他們不敢貿然再往下，選擇往上走。

但喀喀聲始終跟在後頭，如影隨形，令他們的神經更加緊繃，一顆心幾乎要躍到嗓子口。

明明是在稍嫌悶熱的樓道間，他們卻因那甩不掉的腳步聲而感到遍體發寒。

他們步子放得極輕，每一步都走得小心翼翼，底下的未知存在卻在下一瞬像察覺到什麼。

腳步聲驟然加快。

喀喀喀喀！喀喀喀喀！

那存在就像在高速移動。

趙天昊和吳曉潔驚恐地拔腿就跑，倉促的腳步聲在樓道間凌亂作響。

忙亂中，他們一看到敞開的門口就拚命地往那跑去，再使勁關上安全門。

但屋漏偏逢連夜雨，他們很快在這層樓又遇到另一種怪物。

體型像是膨脹的大氣球，輕易就能塞住走廊，身上垂垮著一層層贅肉。恐怖的模樣，遠遠超乎趙天昊他們想像。

吳曉潔再也忍不住地尖叫一聲。

怪物立即晃動肥碩巨大的身軀追過來，每跑一步全身的肉浪都跟著翻騰。

他們的腦海只剩下「跑」這個字眼。

籠罩著溫和光線的走廊如今就像恐怖之地。

怪物在灰綠色的地毯上挪移，發出「沙啦沙啦」的聲音。

恍惚間好似還能聽見肉與肉之間磨擦、拍打的響動。

趙天昊兩人驚惶失措地躲避怪物的追捕，好不容易成功接近電梯，立刻急急按住往下的按鍵。

吳曉潔焦慮地咬著指甲，不停地往後看，就怕那個龐然大物從轉角冒出來。

電梯還在往下降，還沒到達他們所在樓層。

此時讓兩人血液倒流的畫面出現了。

小山般的怪物如同嗅到血腥味的鯊魚成功找來，它咧著詭異的微笑，擺晃著雙手，挪動著肥重的身軀不斷往前。

吳曉潔白了臉，想拉著趙天昊往其他地方跑，可又不知道能跑到哪裡。

安全門後的怪物可能還在樓梯間徘徊，不曾離去。

心急如焚中，宛如天籟之音的「叮——」終於響起。

電梯門開了。

趙天昊一個箭步拉著吳曉潔躲進去，他死命按著關門鍵，瞠大的眼裡倒映出怪物越來越逼近的身影。

千鈞一髮之際，電梯門總算及時關上，徹底將怪物阻隔在門外。

趙天昊重重地喘口氣，回頭看向自己女友，卻被對方冒著冷汗、縮在地上的模樣嚇了一跳。

「曉潔！」趙天昊緊張地衝至她身邊，「妳怎麼了？哪邊不舒服？」

「我……」吳曉潔仰起頭，冷白色的燈光將她的臉照得更加慘白，額頭也冒出豆大冷汗，整個人看起來相當難受。

趙天昊伸手想替她擦去汗水，下一剎那卻被她一把推開。

毫無防備的趙天昊被推倒。

他滿臉呆愣，旋即又化為不敢置信。

吳曉潔竟是突然掐住自己的脖子不放。

「曉潔！」趙天昊嚇壞了，焦急地抓住吳曉潔的手腕，想把她的手扯開。

但那雙手頑固得如同鐵箍，就是不肯離開吳曉潔的脖子。

「有東西……有東西……」吳曉潔像陷入狂亂，不停嘶喊出難以理解的句子。

很快地，她連話都說不出來了。

她的力道很重，本來慘白的臉因呼吸困難而漲紅，嘴裡發出「嗬嗬」的音節，五官更是因爲痛苦而變得扭曲猙獰。

可即使如此，她的雙手依舊緊緊掐在脖子上。

她越來越痛苦，但不知爲何就是不肯鬆手。

「曉潔！曉潔！」趙天昊顧不得下手沒有輕重，拚命拽扯著吳曉潔的手。

吳曉潔眼看要被自己掐得窒息，眼球不自覺直往上翻，露出大片眼白。

恐慌讓趙天昊爆發更大力氣，終於將吳曉潔的雙手拉離脖子，自己也因用力過猛而失去平衡，身體往後，一屁股跌坐在地。

趙天昊大口大口地呼吸著，眼前像冒著白光，心臟激烈跳動，撞擊得胸口都在發痛，耳邊則是聽見吳曉潔劇烈地咳嗽著。

下一秒，咳嗽聲突兀消失。

趙天昊深怕吳曉潔再有狀況，忙不迭使勁眨了幾下眼，視野恢復清明。

——面前一個人都沒有。

電梯裡霎時只剩趙天昊茫然的喊聲。

「……曉潔？」

「吳小姐？吳小姐？」

有誰在喊她。

吳曉潔一眨眼，這才意識到自己不知何時出了神，腳步停住不動。

她抬眼對上前方幾張年輕的面孔，自己不知不覺已落後他們一小段距離。

在那片刻的恍神中，她彷彿又跌入自己被緊掐脖子不放的回憶。

天昊好像在大吼大叫著什麼。

可畫面裡，他的表情爲什麼那麼焦急、慌張……

但脖子上的痛楚又鮮明得一點不像是假。

她能清楚感受到脖子上逐漸收緊的可怕力道，她沒辦法呼吸，凶猛的窒息感襲來，她的臉一定跟著扭曲變形……

「吳小姐！」

一刻又朝裏足不前的女子喊了一聲。

吳曉潔這下才眞正回神，連忙小跑步上前，跟上隊伍。

按照先前的分配，他們這方負責八樓到十三樓。

他們決定從十三樓開始找，上樓的方式仍舊選擇走樓梯。

雖說無論是樓梯或電梯都可能碰上怪物，但怪物若從電梯井對電梯展開攻擊，危險性實在太高。

一個不小心，他們全部人就會連著電梯往下墜落。

「感覺毛茅他們那邊應該會比我們快。」蔚可可感慨地說，「一起行動的時候，項冬和項溪就提過好多次毛茅的運氣很好。」

回想自己這方早先的遭遇，一刻也同意毛茅的運氣眞的不錯。

「唉，眞沒想到現在又得主動追著怪物了。」柯維安哀聲嘆氣，「小白，要是我中途體力不支……」

「我會把你丟下的。」一刻冷酷地說。

柯維安大驚失色，「甜心！」

「你還眞信啊？」一刻翻了白眼，「拖也會拖著你跑，行吧。」

柯維安趁機追加，「公主抱跑行不行？」

一刻用拳頭讓柯維安明白，做人少得寸進尺。

「如果又碰上氣球人呢？」沒理會那番沒營養的對話，蔚商白指出最大問題。

一刻眉頭緊鎖。打也打不過，就算想硬槓，還得擔心被氣球人吸進身體。

率先出聲的是柯維安，他揚起一個狡黠的笑容，朝幾人拍拍胸口。

「到時就交給我吧！感謝項冬還是項溪……隨便啦，反正就是感謝他們給的靈感，不過得先陪我去收集道具。放心，不會花太久時間的。」

既然柯維安說有辦法，一刻他們也把全部的信任交付於他。收集柯維安要的東西確實沒花上太久時間。

不管哪層樓，都能找到他要的東西。

吳曉潔也幫忙抱了一個瓶子，但面上藏不住納悶。

她猜不出柯維安收集這些瓶瓶罐罐究竟是想做什麼？

但想到自己在隊伍裡也幫不上什麼忙，便不好意思多問了。

也不知道該說一刻他們的運氣是好還是不好。

他們從十三樓找到十樓，竟不曾再碰上任何工作人員或怪物。

柯維安的臉都要垮下來了，「不是吧，不會全躲起來吧？之前不想要的時候來個不停，現在一隻都沒有。好歹再來幾隻啊，氣球人也行。」

「別啦，氣球人還是算了。」想到肉山似的身影，蔚可可皺著臉。

「柯維安，你再多說一點。」一刻若有所思地說。

「咦？」柯維安訝異極了。

平時他話一多，一刻就會不客氣地嫌他嘮叨，要他閉上嘴，怎麼突然反其道而行？

柯維安想了想，馬上懂了。

「哈尼，你這是終於了解有我坐陪聊天的重要性了嗎？」他感動地眨巴著大眼睛。

「坐陪個屁。」一刻冷笑一聲，「你中文系都念到哪了？文法狗屁不通，有空說這些五四三的，還不快點多抱怨怎麼沒怪物這種事。」

柯維安摸摸腦袋，不是很明白一刻的意思，不過他還是照交代做了。

抱怨嘛，這種小事他可是很會的。

柯維安馬上滔滔不絕地嫌棄起怪物的偷懶。

說到後來，甚至憤憤不平地大聲嚷嚷起來。

「有辦法就給我出現跟甜甜圈小女神一樣的怪物啊！要是出現了我就馬上跪地喊爸爸！」

一刻：「……」

倒也不用那麼拚。

柯維安的「爸爸」兩字喊得驚天動地、震耳欲聾。

回音都還在走廊裡飄蕩著，就有聲音回應了他。

喀噠喀噠、喀噠喀噠。

如同尖物重重戳進地板內的音響。

柯維安與蔚可可瞬即變了臉色，第一時間就是抬頭往天花板的方向看。

他們此刻待的這條走廊上方空無一物。

可片刻後，隨著喀噠喀噠聲接近，一道恐怖影子也進入眾人視野中。

蜘蛛男人扭轉著腦袋，朝底下眾人咧開大大的詭異微笑。

它的嘴巴裂至耳根處，兩顆眼珠子如青蛙突出，背部冒出的尖刺就像黑得發亮的蜘蛛腳。

「不是吧……」柯維安嘴巴開開，沒想到怪物眞的說來就來。

明明有怪物出現，一刻卻反而笑了一下，「烏鴉嘴，你果然很擅長。」

柯維安悲憤控訴，「但爲什麼來的不是甜甜圈小女神？給我換一個啊！」

「那就不叫怪物啦，小安。」蔚可可犀利吐槽。

「廢話就省下吧。」蔚商白這話是針對自己妹妹說的，無視蔚可可氣惱的視線，他沉聲道，「要來了。」

與此同時，蜘蛛男人猝然從天花板跳下，身體翻轉，腦袋也扭回原來位置，脖子間發出一陣咔咔聲響。

頭顱一扳正，蜘蛛男人的四肢和尖刺在地面移動，快速向著一刻他們衝過來。

不料就在蜘蛛男人抬起上半身，準備撲向一刻他們之際，身體倏然僵住。

有如被按了暫停鍵，形成古怪的姿勢。

一刻他們不敢大意，嚴陣以待。

只見蜘蛛男人的身子出現詭異的扭動，每個關節都在發出咔啦咔啦的聲響，好似齒輪轉動。

下一剎那，它的身體竟像魔術方塊一樣，一塊塊扭曲、旋轉。

這怵目驚心的光景讓蔚可可和吳曉潔都白了臉。

「噫啊！」蔚可可感覺自己的頭髮都要嚇得豎起，這比鬼片還可怕。

蜘蛛男人轉瞬間就在他們面前大變模樣。

就某方面來說，柯維安的願望也算達成了。

怪物換了一個。

一刻黑了臉，「幹啊！你的烏鴉嘴也太扯了吧！」

「不是我！我冤枉！」柯維安欲哭無淚，「小白你太過分了，剛還誇我烏鴉嘴得好，現在就翻臉不認人！」

一刻假裝什麼也沒聽到。

誰也沒料到，怪物原來還能變成另一種怪物。

蜘蛛男人竟變成了氣球人。

氣球人的體型不是蜘蛛男人可以相比的，那具龐然身軀一下便堵住走道一側。

而在層層肉浪間，一截白色顯得格外醒目。

是日記紙！

氣球人身上有日記紙！

氣球人似乎未察自己的贅肉間夾有異物，它歪著腦袋，眼珠子緊盯住矮它一大截的幾人，邁開笨重的步伐。

「柯維安，你的辦法！」一刻立即喝道。

「辦法就是先跑給它追，我需要一點時間間間間！」柯維安這麼喊的同時，腳也朝另一方向跑了，「大家快一起跑跑跑跑！」

一刻與蔚商白果斷殿後，讓兩個女生跑在他們前面。

柯維安邊跑邊旋開手上抱著的清潔劑的蓋子，看也不看就往旁邊倒出一大半。

刺鼻的清潔劑味道向四周傳出。

柯維安旋即伸手朝後面的人喊，「再給我一瓶！」

吳曉潔反射性把手中的塑膠瓶交出去。

柯維安將遞來的清潔劑倒進自己抱的瓶子裡。

接下來又如法炮製了一番，把其他人拿著的清潔劑都倒進去。

蓋子旋緊，柯維安抱著手上的瓶子使勁搖晃，彷彿把它當成了手搖飲料。

「啊啊啊啊——」彷彿要提振氣勢，柯維安還自己配音大喊。

離柯維安最近的吳曉潔瞪大眼，錯愕地發現那個塑膠瓶好像在變形。

不對，不是好像。

是真的在膨脹！甚至還能聽到「咕嚕咕嚕」的響動！

「柯同學！」吳曉潔慌張地喊，「那個瓶子！」

柯維安無暇回答，抽空轉頭向後看，「後面的雙白，都往旁邊退！」

「雙你……」一刻把髒話嚥下，與一臉平淡的蔚商白迅速退至牆邊，讓出中間通道。

柯維安高舉手裡的瓶子，擺出一個要扔擲的動作，下一秒一頓，改恭敬地遞向一刻，「拜託了小白，你力氣比我大。」

這點柯維安還是很有自知之明的。

一刻連白眼都懶得翻了，他接過那個持續變形、簡直像要炸開的瓶子，已經猜出柯維安的計畫。

聽著瓶裡如沸騰滾水的聲響，一刻卯足了勁，毫不遲疑地把清潔劑砸向氣球人的大臉。

力道之大，讓氣球人的腦袋都歪了過去。

一刻把握的時機剛剛好。

當瓶子砸中氣球人的大臉，膨脹的塑膠瓶也像負荷到了極限。

劇烈的爆炸聲在走廊上響起。

第九章

融合多種清潔劑的瓶子當場炸開，刺激性的液體則是淋了氣球人滿臉。

野獸般的慘嚎傳出，氣球人巨大如小山的身軀倒下，地面跟著一震。

蔚商白抓緊機會，快如離弦之箭，眨眼間來到氣球人身前，迅雷不及掩耳地抽出夾在肥肉間的那張日記頁。

目標一到手，蔚商白退回一刻身側。

鏡片後的雙眼飛快掃過日記一眼，目光觸及某段文字時，蔚商白瞳孔一縮。

「不用待在這裡了，先去別層樓，和另一邊聯絡！」蔚商白果決地說。

「不找人？不是，不找日記了？」蔚可可訝異地追問。

「日期有了。」蔚商白揚起手上的紙，「如果我猜的沒錯的話。」

蔚可可自是相信自家老哥的聰明，但有時就是管不住自己的嘴，「那萬一猜錯呢？」

蔚商白瞥了妹妹一眼，沒說話。

蔚可可已自動哭喪著臉，在自己嘴巴前做出一個打×的手勢。

沒辦法，老哥的威壓就是那麼可怕。

「那就下樓。」一刻沒有多問，直接同意。

來到九樓，一刻他們迅速找到901房，房門上鎖，由蔚可可利用武器粗暴破門。

與毛茅他們分開前，雙方約定好半小時一到，就利用身處樓層一號房的室內電話進行聯繫。

由一刻他們這方負責撥打電話。

雖說無法預先得知對方會在哪一樓，但可以迅速地把可能的房號都打過一輪。

這方法是有些費力，只是在手機斷訊的情形下也只能將就。

蔚商白留在房門口觀察動靜，一有風吹草動就負責告知。

一刻抓起話筒，試了幾次就成功打通。

毛茅他們在501號房。

「喂喂？」毛茅猶帶稚氣的嗓音傳出，「這裡是毛茅。」

「宮一刻。」一刻簡潔報上名字，「我們這邊找到出生月日了，差年而已，你們那邊有發現了嗎？」

「找到月日了？太好了！」毛茅歡呼一聲，接著煩惱地嘆口氣，「我們這邊目前只碰上一個工作人員，拿到一張日記，可是上面寫的東西很奇怪。」

一刻問，「很奇怪？」

毛茅說，「嗯啊，只寫著老鼠也可以吃老虎。」

一刻：「……」

確實奇怪。

這讓一刻想起他們前面撿到的日記頁，其中一張便寫著「老鼠咬死了貓」。

除此之外，毛茅還給出一個不太妙的消息。

「我們到三樓的時候，亮著的燈沒剩幾盞了。」

「吸光者上來了？」一刻馬上反應過來。

「現在……我猜應該到四樓了？」毛茅說。

一刻咂舌，這眞的是個壞消息。

吸光者的速度比他預想的還要快。

一刻和蔚商白低聲討論幾句，很快有了結論。

「我們直接六樓電梯前會合，反正月日出來了，出生年大不了盲猜。」

再怎麼說也不過那些數字而已。

「好，我們這就上去，不過還是希望能再碰到一個工作人員。」毛茅有些惆悵地說。

還是希望自己這邊能獲得更有用的線索，能夠幫助大家。

柯維安擠在一刻旁邊，也學著項冬他們的叫法，「小朋友別灰心，說不定馬上就來一個。」

幾乎話聲一落，守在房門口的項冬就喊了一聲。

「出現了，工作人員！」

一刻陷入剎那的沉默，緊接著磨磨牙，「……柯維安，你他媽還真是烏鴉嘴。」

「我不知道這麼準啊！」柯維安覺得冤死了。

要眞那麼準，爲什麼就是不肯給他跟甜甜圈小女神一樣可愛的怪物？

毛茅說，「宮大哥我們晚點見。」

一刻回道：「我們馬上下去幫你！」

「不用啦宮大哥，你們在六樓等我，我們很快就上去！」

掛上電話，毛茅一掃低迷，心情愉快地準備面對工作人員。

從房門口望出去，果然就見到項冬說的人影。

一樣穿著暗紅色制服，一樣是那張共享臉孔，一樣是那抹詭異的不自然笑容。

毛茅與項冬、項溪有默契，因此三人看向趙天昊。

「我來引開他的注意力，再來就交給你們。」趙天昊立刻有了決定。

一路上和這三名高中生一起行動，他看出他們的體能比常人要好。

趙天昊率先踏出房外，第一時間被工作人員注意到。

工作人員快速朝他走來，行走間身子出現異常扭動，彷彿每一處關節都在咔啦咔啦地扭。

趙天昊看得後頸發毛，但仍舊控制著步伐大小，一步步地往後退，確保工作人員往自己靠近。

房門半掩，毛茅他們就藏身在門板後。

待工作人員經過房間，他們馬上跑出來，出其不意地撲向對方。

他們的計畫簡單粗暴，要趁工作人員還未變化成怪物前壓制住他，再搜他的身，找看看是否有日記頁。

項冬、項溪不愧是雙胞胎，兩人的動作快狠準，合作無間，一下就把工作人員死命壓按在地上。

他們膝蓋抵在他的背部，手緊緊扣住他的胳膊，不讓對方從他們手下掙脫。

見狀，趙天昊快步走回。

工作人員在被壓制的狀態下，臉上那抹古怪的笑容也不曾出現變化。

讓人看了不禁毛骨悚然。

毛茅摸索的速度快，轉眼就把工作人員上半身摸遍，正要往褲子口袋前進，卻聽到布料裂開的嘶啦聲。

他下意識往聲音來源看去，只見工作人員的上衣自背部裂開，露出底下皮膚及刺青。

暗紅的布料繼續四分五裂，刺青顯露的範圍也跟著變大。

看清刺青花紋時，毛茅他們不禁一愣。

刺青花樣確實千奇百怪，可眼下所見真的太詭異了。

工作人員的後背竟是刺著一隻碩大老鼠咬死貓的圖案。

「怎麼會有人想刺這種東西？」趙天昊難掩愕然，語氣更是流露一絲嫌惡。

毛茅看著那幅嚇人的刺青，腦中好似閃過什麼，卻來不及抓住，隨即又驚覺那具被壓制的身軀像在崩散。

當毛茅一手抓住單獨的一塊腰部時，他臉色大變，眸裡寫滿駭然。

饒是他一直以來都保持鎮靜，這一刻也難免被嚇得手一抖，把無意間抓住的肉塊扔得遠遠的。

短短時間，工作人員的身體赫然崩解成無數塊。

「我靠靠靠！」項家兄弟同時爆出大喊，驚得瞬間收手。

趙天昊也被這恐怖的一幕駭住。

那些肉塊在地毯上像活物蠕動著，宛如每一塊都被賦予生命。

下一瞬間，所有肉塊大變模樣。

一側冒出橘色的貓腦袋，一側是覆上灰黑色毛皮，還拖了一條尖細尾巴。顫慄霎時爬上眾人後背。

原來貓鼠這種怪物是這麼來的！

十來隻貓鼠不停吱吱叫，爪子在地毯上磨擦，它們甩著尾巴，貓頭張開嘴，露出尖尖利牙。

將四人視作獵物，一股腦地全擁過來。

貓鼠體型不大，可勝在行動敏捷，外表又讓人本能感到不適。

它們在走廊間四處竄走，靠近毛茅他們腳邊不是想張嘴咬上，就是想攀著褲管向上爬。

誰也不想被這種小怪物近身。

毛茅眼尖，倏然在貓鼠群裡看見其中一隻身上穿著暗紅背心，那肥壯的身軀被勒得緊實。

而背心領口處，有一張摺成三角狀的白紙夾在那。

是日記頁！

「中間最大的那隻有日記！」毛茅連忙喊道：「趙大哥，拜託幫我一起抓住它！其他就麻煩學長了！」

「你的其他太廣泛。」項冬面無表情地嘆口氣。

「意思就是要負責太多隻了。」項溪也幽幽嘆氣。

嘴上雖然這麼嫌棄，兩人動作卻相當迅速，一下就衝散貓鼠隊伍，讓毛茅和趙天昊成功將穿著背心的貓鼠引到另一側。

背心貓鼠的體型雖比其他隻大一圈，但相較於毛茅他們，也不過只到他們的小腿肚。尤其眼下只有一隻，威脅性不大。

似乎嗅出情勢對自己不利，貓鼠發出警戒的哈氣聲，像隻貓弓起身子。

緊接著它像條灰色閃電，直撲看起來最弱小的毛茅。

毛茅算好時間，在貓鼠即將逼近的前一刻靈敏閃避，同時不忘反手拉開身後窗戶。

毛茅的躲閃猝不及防，貓鼠想要改變方向已來不及。

它直直撞向敞開的窗口，看不見的透明障壁又將它重重反彈回來。

貓鼠撲出的力道有多大，回到它身上的力道就有多大。

它摔落地面，摔了個七葷八素，好一會兒才甩甩腦袋，重新自地上爬起。

但這點時間已足夠毛茅抽走那張紙。

果然是他們要找的日記頁。

上面用潦草的字跡寫了一行字。

老鼠可以吃龍。

語焉不詳的內容讓毛茅皺眉，但他也無暇細思，東西到手後立即與趙天昊往項冬他們的方向奔去。

才靠近轉角，就聞到一股燒焦味襲來。

憂心項冬他們那邊落入險境，毛茅兩人大步邁出，撞入眼中的卻是與他們預想不同的另一幅光景。

焦味是從貓鼠那邊傳來的。

項冬、項溪不知何時從房裡摸出除臭劑，再度用上老方法。

除臭劑一噴，打火機一點，灼燙的火舌如蛇竄出，張牙舞爪地舔上貓鼠的皮毛。

覷見毛茅他們從轉角後出來，毛茅還舉著白紙晃一晃，項溪心領神會地高喊一聲，「走了！」

項冬、項溪虛晃一招，讓貓鼠誤以爲他們又要噴出火焰，它們反射性往旁躲避。

抓緊時間，四人闖過走道，直奔前方的樓梯。

跑進樓梯通道時，毛茅瞥了眼下方，發現底下樓層燈光暗下大半。

看樣子吸光者上來四樓了。

他們奔跑的步子更快，樓梯間迴盪著急促的聲響。

毛茅邊跑邊飛快思索他們這方收集到的日記頁。

總共兩張，上面的字句都讓人覺得莫名其妙。

老鼠可以吃老虎。

老鼠可以吃龍。

日記主人簡直對老鼠像有某種執念。

不斷強調牠可以吃掉比牠還巨大的生物，但爲什麼是挑龍跟虎？

尚未釐清思緒，六樓已經抵達。

剛跑出安全門，毛茅他們就瞧見一刻等人的身影。

「曉潔，妳還好吧？」趙天昊全副心神都放在女友身上，就怕分開的這段時間，對方身上又發生怪異的事。

但擔心刺激到對方，他不敢問得太直白。

吳曉潔不知道該如何面對趙天昊的關心。

她忘不了被掐頸的可怕疼痛，可面前男人的眼神和語氣，又真摯得不像僞裝。

她糾結一會，最後小小聲地回應，「……我沒事。」

「你們也沒事吧？」一刻可沒忘記斷開通訊前，毛茅他們那邊可是碰到了工作人員。

想到這裡，一刻又忍不住睨視柯維安一眼。

柯維安一看就知道一刻在想什麼，他不禁想高喊一聲冤枉。

他哪知道會那麼準，怪物說來就來。

可惡，他心心念念的甜甜圈小女神就是不來！

「我們沒事。」毛茅搖搖頭，「宮大哥，吸光者在四樓了，四樓的光變很暗，恐怕很快就會上來五樓。」

一刻低罵一聲，「幹！」

陷入黑暗的樓層只會對他們不利。

光想像必須摸黑提防怪物，就教人不寒而慄。

毛茅把從貓鼠那邊獲得的日記頁拿出來，「宮大哥，我們又拿到一張日記。」

「老鼠可以吃龍？」一刻眉頭像要打結。

「是不是還有一個是吃老虎？」柯維安回想著。

「對。」毛茅把另一張日記也拿出來，「我們這邊就找到兩張。」

一刻他們先找了間沒上鎖的空房，項冬、項溪在門口把風，留意怪物是否出現。

其他人聚在一起，看著全擺在床鋪上的日記頁。

蔚商白從氣球人那拿到的那張寫著——

×月×日，今年沒有生日可以過。

「沒有生日可以過？沒空過嗎？」蔚可可直覺地猜測。

蔚商白沒回答，而是指向另一張日記，「你們看這張。」

×月×日，今年不用過生日。

「所以果然是沒空過囉？」蔚可可更堅信自己的想法。

柯維安雙手不自覺環胸，目光在提及生日的日記頁上來來回回地看。

蔚商白會說起這個，絕不是毫無來由。

今年不用過生日這句話，乍看下就像蔚可可說的，沒空過生日。

但「沒有生日可過」那句就很奇怪，人怎麼可能會沒生日？

假如出生時因爲某些因素，例如是棄嬰，不知道具體生日的話還有可能。

可從日記的描述方式來看，日記主人對自己的生日記得很清楚。

今年不用過生日。

今年沒有生日可以過。

無法每年都有的生日……

「二二九！」柯維安瞳孔一縮，猛然大叫一聲，「是二二九！」

「什麼？什麼？蔚可可迷茫地望向柯維安，「二二九怎樣了？怎麼突然提到這三個數字？」

「這個人的生日是二月二十九號啊！」柯維安如機關槍般快速說道：「二月二十九出生的人每四年才能過一次生日，所以才會說沒生日。因爲不是潤年，這個人就沒有生日可以過。」

一刻恍然大悟，怪不得蔚商白在拿到那張日記頁時，會說生日有眉目了。原來這人已經想到另一篇日記，並從中獲得答案。

「不過日記裡看不出出生年的線索……」柯維安的兩條眉毛又往中間靠攏，「其他幾張到底是什麼意思？」

毛茅的視線緊盯著提及老鼠的三篇日記。

老鼠可以吃龍。

老鼠可以吃老虎。

老鼠咬死了貓。

龍、老虎、貓，三種動物看不出關聯性。

「老虎……龍……」蔚商白呢喃這兩個詞。

「能吃掉老虎跟龍的老鼠，那得是多大隻？」蔚可可光是想像，就抑制不住地打了個哆嗦，「太噁心、太嚇人了，這個殺人魔的腦子到底有什麼問題？」

「假設眞的有辦法養得超大隻……」柯維安自己說得都起雞皮疙瘩，「但世上也沒有龍讓牠吃吧。爲什麼這人別的動物不寫，偏偏要寫龍？」

「呃……」蔚可可胡亂猜測，「龍跟老虎是強者的代表？」

「那幹嘛不寫獅子？」柯維安還眞不是故意要抬槓，只是在梳理思緒，「獅子還是萬獸之王呢。」

毛茅繼續來回看著那三張紙，緊接著他意識到自己陷入某個盲區。

剎那間有若撥雲見日，他低呼一聲，「生肖！」

所有人的眼神瞬時投射過來。

「老鼠，會不會是指生肖？」毛茅把自己的想法說出來，「剪報上有寫到，殺人魔把幼貓餵給他養的老鼠，這部分跟日記裡提到的老鼠咬死了貓符合。那麼我們先不管貓，只單獨看老鼠、老虎跟龍的話……」

眾人一點就通，這三者都是生肖！

有了生肖，要推出殺人魔的出生年就不是難事。

蔚商白一下就列出可能的答案。

拿出那張如同通緝令的紙，他在出生年月日的空格裡填上正確的數字。

當最後一個數字完成，紙上霍然發生變化。

黑色的污漬一口氣全數消散，男人被藏起的姓名和臉孔也重見天日。

大大的「李明峰」三字躍於紙上。

而照片裡，則是一張普普通通，讓人難以有深刻印象的臉。似乎把他扔進人群裡，很快就會淹沒其中，再也尋不著。

但所有人都看過那張臉。

「是那張共享臉！」柯維安發現自己說得太快，連忙改口，「是那個工作人員的臉！」

那些身穿暗紅制服的工作人員，都長著一張和李明峰一模一樣的臉孔。

這簡直要難倒眾人。

工作人員可不只一個，再加上他們擁有同一張臉孔，要如何指認哪個才是殺人魔？

而且還有一個嚴苛的條件，指認機會只有一次。

「這是要人玩大家來找碴嗎？」項冬咂咂嘴，「看哪個傢伙跟照片上的臉有差異？」

「那怪物怎麼算？它們跟這人的臉差異可大得很。」項溪吐槽。

窗外霍地傳來一聲悶悶雷響，隨即而來的是嘩啦嘩啦的下雨聲。

一場大雨說來就來，好似天空出其不意地倒下一大盆水。

隔著窗戶都能聽出雨勢不小，氣勢洶洶。

蔚可可忍不住走到窗邊向外看。

紅色的天空堆起雲層，烏雲也是暗紅色的，一層又一層的紅疊起來只覺怵目驚心。

蔚可可搓一下手臂，窗外的暗紅天空和在飯店肆虐的怪物，都一再提醒人這裡是個異常空間。

「下雨了，雨好大……沒想到這種地方還會下雨。」蔚可可走回大夥身邊，「哥，你們想到該怎麼辦了嗎？」

蔚商白他們還沒想出該如何找出最可能的對象。

但起碼知道下一步該如何做。

他們回到五樓的電梯。

當電梯門關起，內部的景象果然又一變，剪報再次出現。

一樣是蔚商白負責填寫答案。

其中一處空格一填入「李明峰」三個字，剪報隨即恢復原來模樣。

所有空格都自動變爲李明峰，黑色的塗抹痕跡消失得無影無蹤。

李明峰，殺害多人，被害者沒有關聯性，判定爲隨機殺人……造成市裡人心惶惶。

李明峰因犯案手法，被媒體稱爲生日殺人魔。

會在被害人的背部用特殊顏料寫下自己的生日，經檢驗，顏料裡加入了他自己的血液。

李明峰潛入白椿飯店，趁機殺害飯店的兩名房客，據了解，兩名房客是來此地度假的情侶。

分別是趙姓男子和吳姓女子。

白椿飯店發生土石流意外，土石流沖破玻璃，灌入五樓樓層，淹沒大半。事後從土石裡挖出三人遺體，經調查，其中一人赫然就是惡名昭彰的生日殺人魔。

李明峰獨自在外租房，住在地下室，鑽研邪術。

在他的住所查到大量研究邪術的書籍，他相信能夠在他人體內重生，刻下的生日就是他的記號，他堅信死後就能循著記號，找到他的新生體。

發現他飼養一隻大老鼠，還找到多隻幼貓的殘骸。

據推測，李明峰將幼貓作爲食物，餵食給他飼養的老鼠。

他的一連串行爲可說是手段凶殘，泯滅人性。

一刻等人陷入驚愕的沉默，一時誰也無法說出話。

剪報上提及趙姓男子和吳姓女子，還是一對前來飯店度假的情侶。

他們不約而同轉望向電梯內的另外兩人。

——趙天昊、吳曉潔。

趙天昊發覺眾人目光忽然全往他們看來，眉頭疑惑地皺起，「怎麼了嗎？」

柯維安吞吞口水，「你們……沒看到嗎？」

「看到什麼？」吳曉潔登時風聲鶴唳，緊繃地來回看著周遭，就怕又出現什麼嚇人的事物。

「這裡。」柯維安指向趙姓男子和吳姓女子那一行，「寫的是什麼？」

「趁機殺害飯店裡的兩名房客。」趙天昊疑惑，但仍據實唸出，「有什麼不對嗎？」

「妳也是？」一刻問著吳曉潔。

吳曉潔滿臉迷惑地點點頭。

他們登時明白，趙天昊和吳曉潔看不見關於受害人姓氏的那行字。

柯維安下意識望向一刻。

一刻朝他不明顯地搖搖頭。

他們現在還在電梯裡，要是這兩人得知事實，在這狹小空間失控的話只會讓情況變得更爲棘手。

蔚商白拿出手機，看起他們拍下的一張張日記。

我會新生，我可以巨大，可以削瘦。

我會新生，我可以來去自如，可以千變萬化。

我已經……

之前覺得意義不明的怪異句子，現在看來大多都跟那些怪物有關。

可以巨大——氣球人。

可以削瘦——紙片人。

可以來去自如——蜘蛛男人。

可以千變萬化——暗影人。

而貓鼠，則是反映出李明峰對自己生肖的執著。

「新生？指的是變成怪物嗎？」毛茅推敲，很快又自己否認道，「不對，剪報裡還提到收藏品……」

李明峰相信他能藉著收藏品復活。

毛茅換了一個說法，「那些被他刻下記號的人變成怪物？不，這也不對……」

剪報強調李明峰在飯店殺害的人數是二，顯然沒有把其他被害者算進去。

一刻的目光落至吳曉潔身上，後者還穿著他的外套。

那時吳曉潔撞到蓮蓬頭開關，黑白色的上衣被水淋到，後背的白色布料變成半透明。

露出了部分皮膚，以及……

一刻思緒倏地停擺一秒，緊接著像被一道閃電霍然劈下。

那些日記。

剪報裡的提示。

早就被殺人魔殺害的趙天昊和吳曉潔。

吳曉潔！

就像最後一塊失落的拼圖終於被找到，回歸到原來的位置。

電梯這時猛地傳來「咚」的一聲，像重物從上墜下，連帶梯廂也大大地震晃一下。

隨即電梯晃動加劇。

有過類似經驗的一刻等人反應過來，又有怪物意圖從電梯井展開攻擊。

「快出去！」

他們才跑到走廊上沒多久，路口就出現十幾名暗紅制服的工作人員。

他們有著一樣的古怪笑容，有著一張屬於李明峰的臉。

他們漸漸往眾人方向逼近，有如一張不斷收緊的包圍網。

沒人知道他們下一刻會不會變成怪物，又會是變成何種怪物。

「哥！」情急之下，蔚可可連忙喊向蔚商白。

彷彿這樣一喊，就能即刻獲得答案。

「哪一個是真正的李明峰？」面對越來越往他們靠近的工作人員，吳曉潔難掩慌張，「總不可能每個都是吧！」

一刻抿了下唇。

是啊，的確只有一個。

不再有任何猶豫，一刻猛然扣住吳曉潔的肩膀，厲聲喝道：

「李明峰！」

第十章

所有人都愣住了。

被一刻緊抓肩膀的吳曉潔更是瞠目結舌地回望，看一刻的眼神像在看一個瘋子，

「你開什麼玩笑？我怎麼可能是……」

吳曉潔的話還沒說完，表情驟然大變，雙手更像是有自主意識般舉起，一把掐住自己的脖子。

她很快就因呼吸困難而漲紅臉，表情跟著轉爲痛苦。

任誰都看得出她掐自己的力道有多大。

「曉潔！」

「吳小姐！」

「姊姊！」

幾人立即衝上前要拉開吳曉潔的手臂。

可她雙腿驟然一軟，跪在地上，身子弓起，發出一陣陣乾嘔聲。

從她的嘴裡眞的吐出了東西。

一個暗紅色的小小肉塊連著唾液，滑落至地毯上。

它有著人形輪廓，宛如還沒完全長大的嬰兒胚胎。

肉塊一落至地上，吳曉潔的雙手登時像獲得自由，從脖子上鬆開。

她面色發白，虛脫般地坐倒在地。

趙天昊沒有第一時間上來攙扶她。

因爲他正握著從餐廳裡帶出的餐刀，用全身力氣重重朝著那個肉塊扎下去。

餐刀拔起，再扎下，再拔起，再深深扎下。

肉塊發出淒厲尖叫。

與此同時，所有朝他們逼近的工作人員像被按下暫停鍵，不再向前靠近。

在肉塊的慘叫聲中，一道道暗紅身影就像被無形大火焚燒，在眾人眼前化爲灰燼。

「天昊……天昊……」吳曉潔從地上爬起，踉蹌地走向趙天昊，從他手裡接過餐刀，想也不想便猛力刺向肉塊。

「怎麼……怎麼回事？」蔚可可看得呆了，不停來回看著一刻與趙天昊他們，「宮一刻，你爲什麼……」

「我見過她身上有數字。」一刻低聲說，那時候他以爲是刺青。

還有，碟仙其實早給了最大的提示。

柯維安曾問殺人魔在哪裡。

碟仙給出的答案是——在你左後方。

左後方是鏡子，當下映出的除了柯維安之外，就是吳曉潔。

他們碰上的那些怪物都是李明峰，但也不是眞正的李明峰。

眞正的李明峰就藏在他的收藏品體內。

被做上記號的——吳曉潔。

肉塊發出最後一聲尖銳的悲鳴後再也沒了動靜。

像是嬰兒胚胎外形的它倏地改變形態，變成穿著暗紅制服的李明峰。

看著那個被自己刺入最後一刀的男人，吳曉潔大口大口地喘氣，全部想起來了。

生前的、死後的，所有的記憶全都回想起來了。

叮咚！叮咚！

客房外有人按了門鈴。

鈴聲與窗外雨聲混在一起，癱在床上午睡的吳曉潔沒有第一時間發現。

門外的人鍥而不捨地繼續按下門鈴。

吳曉潔迷濛地掀開眼皮，好半晌才意識到是門鈴的聲音。

她翻身坐起，臉皺成一團，想不起之前說要去泡溫泉的男友到底有沒有帶鑰匙。

視線往桌前一掃，沒看到鑰匙。

眞奇怪，如果天昊拿走了，根本沒必要按門鈴吧。

「天昊？」她喊了一聲。

門外沒人回應，門鈴聲再次響起。

吳曉潔滿心疑惑，跑到貓眼前向外看，看到一名穿著暗紅色制服的飯店工作人員。

她納悶地打開門，「有什麼事嗎？」

「您好，我們之前接到電話，說這間房間的電視出問題了。」工作人員揚起笑臉，

「可以讓我進去看一下嗎？」

「欸，但我們沒打……」吳曉潔困惑極了。

她剛在睡午覺，沒碰電視也沒碰電話。

難道是天昊出門前發現電視有問題，打電話給櫃台嗎？

吳曉潔沒有印象，但還是走回房內，拿起電視遙控器，按下電源鍵，確認電視狀況。

要是眞的出問題，就能直接請對方維修。

螢幕亮起，畫面正常運作。

「我們電視……」吳曉潔正想說沒問題，就感到後腰傳來一股椎心刺痛。

下一瞬，鋒利的金屬從她體內拔出。

她瞪大眼，手下意識按住傳出劇痛的地方，踉蹌幾步，表情又驚又懼。

房門不知何時被關上了，工作人員戴著白手套的手裡握著一柄染血的刀子，臉上仍是那抹弧度未變的微笑。

此刻看來，更顯詭異無比。

「你、你……」吳曉潔能感到掌心下溢出大股溫熱液體，她低頭一看，血順著指縫間流出，滴到地毯上。

吳曉潔腦袋一片空白，完全不明白現在是發生什麼事。

爲什麼飯店工作人員會突然拿刀攻擊她？

吳曉潔無法思考，唯一的念頭就是找人救命。

工作人員堵在走道前，無法衝出門外，她跑到電話旁，拿起話筒想跟櫃台求救。

可對方動作更快。

吳曉潔還沒按下數字鍵，眼角又捕捉到利光一閃。

下一波疼痛襲來，讓她慘叫一聲。

刀子劃過她的手臂，一道傷口瞬間皮開肉綻地浮現。

吳曉潔痛得忍不住哭出來，她胡亂抓起看得見的東西往工作人員砸。

工作人員就像貓戲弄老鼠一樣，一刀又一刀地揮下，卻始終沒有往致命處砍去。

吳曉潔倒在床上，刀子刺入她的手掌，直沒入床墊，沒再拔起，像是把她當作標本。

上衣背後的白色布料被血染成駭人的紅，床單更是遍布四濺的鮮血。

工作人員站在床邊，居高臨下像在審視自己的戰利品，接著拉下吳曉潔的衣服後領。

那人在她的背部寫了什麼，濡濕的感覺似乎是顏料。

吳曉潔猛地意識到一件可怕的事。

這個人……該不會就是新聞鋪天蓋地播報的生日殺人魔！

門外傳來鑰匙開門的聲音。

這時會開門進來的就只有趙天昊。

「別進來……」吳曉潔想高聲警告男友，卻只能像隻離水的魚，嘴巴張合，吐出無力呻吟。

房門打開了，趙天昊從外走進，邊走邊說道：

「溫泉眞的太舒服了，曉潔妳……」

突然傳出東西落地的聲響。

趙天昊掉了手中物品，呆滯地看著面前慘劇。

他的女友渾身是血地倒在床上。

「曉潔！」

趙天昊無法思考，身體比大腦快一步有了反應。

他跌跌撞撞地撲向床邊，渾然不覺半掩的浴室門被無聲打開。

有人從他背後靠過來。

吳曉潔恐懼地看見自己男友倒下，趴在地毯上。

殺人魔悠哉地走過去，先前砍向趙天昊背部的刀子這回對準心臟，用力往下刺進去。

趙天昊的身子抽搐一下，便再也沒了動靜。

天昊！吳曉潔以爲自己慘叫出聲，但逸出嘴邊的不過是破碎呻吟。

殺人魔想了想，拔出刀子又連捅兩下，這才將刀子扔在地毯，朝床上的吳曉潔彎腰行了個禮。

彷彿完成一場盛大的表演。

痛楚、驚懼和憤怒來回撕扯著吳曉潔的身體，她的呼吸變得急促，嗬嗬聲跟著變重。

瞪大的眼睛裡映出殺人魔往外走的身影。

那個人就要離開了。

那個凶手就要逃了！

吳曉潔甚至不知道自己是如何辦到。

明明她平時最怕痛，只要哪邊磕到一下，都會哀哀叫，抱著趙天昊尋求安慰。

她使勁拔起貫穿手掌的小刀，拖著沉重的身體下床。

血滴得滿地都是，吳曉潔撿起那把殺死自己男友的刀，跌跌撞撞地跟著往房外走。

由於氣候不佳，入住飯店的客人不多。

吳曉潔渾身是血地走在走廊，沒再碰見其他房客。

最前方只有那抹暗紅色的人影悠閒走著。

殺人魔雙手插在口袋裡，絲毫不察後方有人跟上。

血不停地流失，吳曉潔能感到身體在發冷，視野有些渙散，但唯有那抹暗紅色始終牢牢地映在眼底。

殺人魔走向電梯的方向。

吳曉潔的意識其實有些昏沉了，可她仍緊攥著刀柄不放，一步步地朝殺人魔逼近。

還剩下三公尺的距離，兩公尺、一公尺……

就剩下幾步而已。

電梯在這層樓停下，電梯門開啓。

殺人魔舉步往電梯裡面走。

吳曉潔舉刀朝殺人魔的背部刺下，沒有刺中。

梯廂內鑲有鏡子，鏡面映出企圖從背後偷襲的女人身影。

殺人魔一直遊刃有餘的表情變了，他無比憤怒地瞪視著吳曉潔。

「妳是我的收藏品，妳該乖乖聽話！妳該乖乖地等著我在未來選中妳！」

吳曉潔根本不知道這男人在怒吼什麼，耳邊嗡嗡嗡地出現耳鳴，聽什麼都聽不清楚。

兩人扭打在一起，齊齊摔倒在地。

殺人魔不留情地用力戳按吳曉潔的傷口。

吳曉潔的血流得更多，但或許是痛到麻木，她沒有因此鬆開手裡的刀，成功劃過殺人魔的胸前。

電梯門閉闔，在夾到其中一人的小腿時又往兩側退開。

走廊和電梯裡的燈光無預警暗下，飯店似乎突然跳電，緊急照明隨之亮起。

就在下一刹那，驚人的巨響在走廊上炸開，轟隆隆的，像有響雷砸下，又像是有龐大的怪物在嘶吼。

電梯裡的兩人都被這猛烈的動靜嚇到，不約而同地往電梯外一看。

他們看到滾滾土石挾裹著泥流在走廊裡橫衝直撞，如同洶湧的混濁河水往他們淹來。

在土石流沖入電梯前，那柄染滿趙天昊鮮血的刀子終於刺進殺人魔體內。

吳曉潔露出笑容，心滿意足地被土石淹沒。

窗外雨聲變得更大，大雨滂沱，猛烈的雨勢鋪天蓋地，像要把這個世界淹沒。

暗紅的天空像是把雨一併染紅。

彷彿外邊落下的不是雨水，而是散發滿滿腥氣的血水。

飯店外電閃雷鳴，熾白的閃電一閃而過，像要撕裂整片暗紅天空。

白光大亮，緊接之後的是砲擊般的雷響。

轟隆的聲音凶猛砸下，窗戶玻璃好似都被隱隱撼動。

一刻他們看著互相扶持站起的趙天昊與吳曉潔。

趙天昊牽緊吳曉潔的手，目光沉穩地直視一刻等人，「你們快點離開這，要是這裡的燈全部暗下，你們就出不去了。」

「那你們呢？」蔚可可反射性問道：「你們不走嗎？」

趙天昊和吳曉潔一起搖頭，臉上是平靜的表情。

早先一直像驚弓之鳥、情緒不穩的吳曉潔更是露出平和的笑容。

「我們本來就該待在這裡，只不過之前忘記了沒想起來。不好意思，我的狀況不好，造成你們那麼多麻煩。」

「這不是妳的錯，妳也不想這樣的……李明峰躲在妳體內，妳什麼也不記得，對他的排斥才會讓妳做出傷害自己的舉動。」

趙天昊將女友的手握得更緊，看向她的眼神滿是溫柔，下一瞬他又轉頭望向眾人，「你們怎麼進來這的，照一樣的方式就可以出去了。」

「那他……」柯維安看著倒在地上，如今一動也不動的李明峰。

「他也必須留在這。」趙天昊提及李明峰時，變得面無表情，眼底只有永凍不化的寒冰，「沒時間了，你們快走，現在立刻走！」

「但……」蔚可可還想多說什麼，耳邊就聽到蔚商白的沉聲催促。

「走了！」

蔚可可感覺手腕被人一扯，見蔚商白轉身，趕忙也邁步追上。

一行人不再猶豫地朝電梯處跑。

「哥、哥，我們要怎麼才能離開？」蔚可可邊跑邊忍不住扭頭回望一眼。

趙天昊和吳曉潔還是手牽著手，平靜地目送他們離去。

「怎麼來的，就怎麼離開。」蔚商白頭也不回地扔下話。

蔚可可眞想大叫一聲：你這不是廢話嗎！

但她不敢，來自兄長的血脈壓制太恐怖。

「怎麼進來這裡，就怎麼出去……」柯維安不覺得這是廢話，他仔細咀嚼，豁然開朗。

「電梯遊戲！」柯維安和毛茅一起喊出來。

他們是搭中間的那台電梯，才進入這個異常的飯店空間。

所以也必須搭乘同一台電梯進行電梯遊戲。

這就是趙天昊說的如何進來就如何離開。

「等離開這裡，老子暫時都不想搭電梯了！」一刻磨了磨牙，重重拍上中間電梯旁的按鍵。

他眞是受夠電梯遊戲這玩意了！

一刻一記眼刀惡狠狠射向始作俑者柯維安，柯維安像小媳婦般露出可憐巴巴的表情。

但一刻太了解這人了，認錯很快，下次還敢。

電梯門一打開，一刻壓按著電梯門，等所有人都進來，馬上鬆手讓門板閉攏。

電梯門關上，他立即按下四樓的數字鍵。

電梯運作速度不快，讓梯廂裡的眾人感到度日如年，恨不得速度能再快一點。

「啊啊啊，快點快點！」蔚可可不停喃唸，腳板不斷點踏，好似這樣就能加快電梯速度。

四樓、二樓、六樓、二樓、十樓。

電梯門開開關關，門外走廊有的暗，有的亮。

一刻他們來到五樓。

這一次，電梯內不再出現任何異狀。

牆壁新穎，沒有變得老舊泛黃，也不再有大量剪報黏貼於壁上。

電梯遊戲的最後一環，來到五樓之後，再按下1的數字。只要順利往下，就可以成功逃離異空間。

電梯往下了！

蔚可可重重吐出一口氣，說出了眾人心聲，「天啊，終於！」

終於能擺脫這個怪異無比的地方！

控制面板上的數字流暢跳轉，片刻後就抵達目的地一樓。

叮！電梯門往兩側打開。

呈現在眾人眼前的是明亮寬敞的飯店大廳。

大廳沙發區坐著三兩客人，櫃台後是身穿藍色制服的接待人員。

這場景跟一刻他們進來飯店時一模一樣。

相較於先前怪物充斥的空間，眼前光景令人感到恍如隔世。

「總算回來了……」柯維安伸伸懶腰，往電梯外走出，發現先走出來的一刻莫名站著不動，「小白？」

一刻沒回應，雙眼死死盯著落地窗外。

不清楚是現在這個空間影響了他們之前待的異空間，或是異空間影響這裡，飯店外也正下著滂沱大雨。

玻璃窗上浮現淡淡水氣，密集雨幕後仍能看見外頭景象。

天空是紅的。

那抹暗紅色宛如紅墨水傾倒在天空上，任憑雨水怎麼沖刷也無法洗淨。

其餘人也看見這一幕，剛放下的一顆心立即再次提起。

「天空紅是正常的嗎？」項冬像在自言自語。

「颱風來了的話有可能。」項溪直接接下去。

「但紅得這麼徹底……」項冬又說。

「颱風來了也不可能。」項溪一鎚定音。

蔚可可張大嘴，「我們不是成功了嗎？爲什麼天空……是哪裡出錯了？」

一個令眾人心往下沉的事實擺在眼前——他們還沒脫離異空間。

「我不懂。」柯維安焦慮地抓著頭髮，「我們的確完成電梯遊戲所有流程了啊，而且也同樣選了中間那台電梯。趙大哥不也說了，怎麼來就怎麼離開。」

一刻腦中霎時像有驚雷落下，讓他思緒停擺一瞬。

緊接著一個忽視許久的盲點被擺至眼前。

不對、不對，他們根本沒完成。

或者說，還沒全部完成。

天空是從什麼時候變紅色的？

不是在飯店先玩了一次電梯遊戲後。

是更早……在更早之前！

當一刻意識到這點，堆積在腦海中的迷霧猝然被狂風吹散，掩藏其後的眞相顯現。

電梯遊戲能讓人進入異空間，而這異空間最大的特點就是紅色天空。

打從踏出捷運站的電梯開始，他們見到的天空就是不正常的紅色。

不，不只是天空，就連捷運站大樓的電梯也有異。

隨著干擾的力量減退，一刻回想起更多異常的細節。

「捷運站的電梯……」一刻喃喃地說。

一刻的呢喃如石子墜入池面，在眾人心裡激起一圈圈漣漪，也觸動了他們的記憶。

「電梯！」柯維安跟著大叫一聲，「沒錯，就是電梯！捷運站的電梯也不對勁！」

「啊……」蔚可可抽口氣，「面版上的數字太多了……我記得很清楚，有超過十樓。」

一般捷運站電梯不會有那麼多樓層。但他們從那部電梯走出來時，竟不曾察覺異樣。

他們的認知，早在那部電梯裡就出現錯誤。

現在所有人有如從大夢中霍然清醒。

蔚商白低語，「超過十樓的電梯正好適合玩電梯遊戲，而我們也是在那裡就出現認知錯誤的問題。」

一語驚醒夢中人，一刻拿出手機，找到柯維安初時發來的求救訊息。

上面的□□已變回正常的顯示。

我們玩了電梯遊戲。

我們玩了電梯遊戲。

我們在白椿飯店裡。

柯維安就緊跟在一刻身邊，一刻手機一拿出來，他也看見螢幕上的內容。

他此刻已反應過來，自己發那訊息並不是在向一刻刻意強調，才重複打了兩遍同樣的話。

而是因爲……

「我們前面其實是玩了兩次電梯遊戲……」柯維安瞳孔一縮，隨著記憶回籠，更多被遺忘的畫面重新從水面下翻掀起。

他想起來了……

他和蔚可可走進一棟商辦大樓。

而當遊戲成功，電梯門一打開，卻變成捷運站的光景。

「所以在捷運站電梯，就是玩完第一次，但不知道爲什麼我們忘了。然後我們到達白椿飯店——」

又玩了第二次。

第十一章

原本光亮的大廳燈光冷不防出現閃滅。

同時櫃台電話齊齊響起，多道鈴聲匯集成一道響亮音浪。

電話鈴聲一聲高過一聲，沙發區的客人卻像對這刺耳音響充耳不聞，仍是各自做著各自的事。

鈴鈴鈴——

鈴鈴鈴鈴鈴——

櫃台唯一的接待人員像是慢了好幾拍才意會到電話正鈴聲大作。

她拿起一支話筒，所有鈴聲跟著戛然而止。

幾秒過後，接待人員放下話筒，臉上依舊是淺淺的微笑。她微轉過頭，目光落至一刻等人的方向。

「尊敬的客人請注意，請在黑暗來臨前離開敝飯店。」

「她說什麼？」柯維安愕然。

接待人員彷彿沒見到一刻他們臉上的驚異神色，繼續重複同樣的話語。

「尊敬的客人請注意，請在黑暗來臨前離開敝飯店。」

「尊敬的客人請注意，請在黑暗來臨前離開敝飯店。」

當說完第三次，高掛在大廳中央的幾盞燈倏地熄滅，明亮的光線變暗幾階。

待在大廳的客人卻沒有絲毫騷動。

他們一動也不動，彷彿被定格了。

不僅他們，就連剛剛說話的接待人員也陷入靜止狀態。

除了一刻幾個，所有人如同一尊尊擺設在飯店裡的蠟像。

一樓大廳瞬時被可怕死寂籠罩，唯一能聽見的只剩外邊不停歇的雨聲。

就在這當下，猛烈的滾滾雷聲又一次炸開，拽回一刻他們的神智。

「快出去！」一刻大吼道。

他們是從異常的捷運站電梯出來的，就必須從那部電梯再回去！

要趕緊回到捷運站才可以！

眾人衝出飯店大門，看到一輛車就停在車道上。

向外突出的屋簷擋住了雨水，只聽到雨聲嘩啦嘩啦作響，沒有遮蔽的道路上則不停濺散水花。

一刻一眼就認出那是載他們三人過來的接泊車。

蔚商白看得更仔細，發現車鑰匙還插在上面。

「都上車！」蔚商白不由分說拉開車門，坐進駕駛座。

「你會開？」一刻這麼問的同時，人也已經上了車。

「上個月拿到駕照了。」蔚商白確認所有人都上來後，熟練地發動駛離。

銀灰色的廂型車迅速離開飯店，往捷運站而去。

車子急駛在大雨中。

雨刷不停擺動，揮開擋風玻璃上的雨水，車輪飛速輾過地上一灘灘水窪。

毛茅與項家兄弟坐在最後一排。

他轉頭看向後方。

大雨中，白椿溫泉飯店像屹立在山林中的龐然大物。

「飯店的燈暗了！」毛茅忽然喊道。

除了蔚商白，其餘人連忙回過頭。

離開前仍燈火通明的高聳建築物，在這一刻陷入一片黑暗。

廂型車一個靈活拐彎，轉過彎道，白椿飯店瞬間消失在視野中。

一聲落雷再度炸下，巨大的聲響像能震撼世界。

雷聲過後，卻還有另一陣轟隆聲在遠處響動，彷彿山峰都在一併咆哮。

一刻他們看不見後方狀況，可那陣響動令他們本能地心生不安。

蔚商白踩下油門，銀灰色的車子像道疾速流星直達捷運廣場前。

說也奇怪，車門一拉開，前一秒還是瓢潑大雨，下一秒雨水彷彿平空蒸發，再也不見蹤影。

一刻手還放在門把上，掩不住錯愕地仰頭向上看。

天空依舊被紅色佔據，可一滴雨都沒有了。

就連地面也乾爽無比，先前的劇烈雨勢如同幻夢一場。

「雨停了?」柯維安的腦袋從後探出，壓在一刻肩上。

「是停了，但……算了。」一刻推開那顆腦袋，從車上跳下來。

其他人下車後也發覺不對勁，這可不是單純的雨停就能解釋。

眾人心裡既詫異又茫然，可誰也沒忘記他們的目的地。

將廂型車拋在路邊，一行人快步往捷運站內跑去。

捷運站大廳裡人來人往，也有人坐在一邊椅子上休息，手機裡的新聞播報得很大聲。

颱風雖然離去，但帶來的西南氣流造成豪雨不斷，還請大家嚴防豪大雨。

白椿溫泉飯店因地理位置，五樓慘遭土石流灌入，淹沒半層樓，有三人罹難。

一刻他們的步伐猛地停住。

這一切都沒有變，與他們來時一樣，唯獨這一次新聞中出現了白椿飯店的名字。

他們終於明白那陣如同山林咆哮的聲音是什麼。

是土石自山上沖刷下來。

——原來早在一開始，他們前往的就是一棟淹沒在過去時光的飯店。

他們的停步只是一瞬，立刻跑進捷運站唯一的一台電梯裡。

面版上的樓層數字有如無聲地述說著自身的異常。

蔚可可吞了下口水，「天啊。也太多樓了，正常的捷運電梯哪可能這樣……我們之前竟然真的都不覺得哪裡奇怪……」

柯維安喘著氣，照著電梯遊戲的流程按下按鈕。數字逐一變換，電梯在不同樓層停下又離開。

四樓。

二樓。

六樓。

二樓。

十樓。

五樓。

再按下一樓。

電梯運作，緩緩往下降落。

最後是「叮」的一聲。

一刻緊閉的眼睛驟然睜開。

宛如大夢初醒，眼裡還殘留著片刻的迷茫，一時分不清自己在哪。

可很快地，他的雙眼恢復清明，發現自己坐在椅子上，旁邊還有柯維安、蔚商白和蔚可可。

三人閉著眼，眼皮顫動，似乎也快從夢境中掙脫。

他們待在一個空白的房間裡，牆上架設著幾面大螢幕，畫面如今是暗下的。而他們身下纏繞著一堆絲線，線的一端貼附在他們皮膚上，另一端往中間延伸。

中間空地飄浮著一個倒立的三角錐狀物，上方還有一顆懸空球體。

從形狀來看，簡直就像一個特大號的甜筒浮在空中。

看著那個甜筒狀的金屬灰物體，一個名字躍入一刻腦中。

——森羅小世界。

一刻抱著腦袋，霎時感覺一大堆記憶蜂擁塞入。

塞得他的頭隱隱作疼，忍不住抽氣幾聲。

好在這股疼痛很快就過去。

連帶地一刻也全部想起來了。

一開始是柯維安和蔚可可先進去森羅小世界。

本來只是爲了幫神使公會看看這個類似模擬遊戲的世界有沒有正常運作，有問題就出來報個錯。

也不曉得這兩人是哪條神經接錯線，居然在裡面找了一棟商辦大樓玩起電梯遊戲。

一玩玩出大問題。

兩人從森羅小世界裡消失了。

爲了把人找回來，一刻和蔚商白也進入森羅小世界。

沒想到第一輪遊戲後，雖然成功進入異空間，但那裡的場景和森羅小世界已有不同。

他們是從商辦大樓的電梯進入，然而踏出異空間時，所處區域卻變成捷運站，就連記憶和認知都受到不明力量干擾。

現在回想起來，那是趙天昊、吳曉潔和李明峰的力量所導致的吧。

所以他們在白椿飯店完全不記得自己擁有神使的力量，也無法動用神紋和神使武器，就像普通人一樣。

柯維安更是連筆電都消失了。

在趙天昊他們認知的世界裡，並不存在神使這樣的特殊存在。

一刻喘了幾口氣，剛要一把扯掉身上附著的絲線，就聽到一道偏低的女性聲音響起。

「腦子緩過來了吧。」

那是再熟悉不過的女聲。

再來是一道童稚嗓音。

「嘖嘖，沒有的話，本大爺可以找人幫你把腦子攪一攪。」

「攪你老木！那還能……」一刻吞下反射性的咒罵，抬頭一看，果然是熟得不能再熟的兩張面孔。

神使公會的顧問和會長就站在不遠處。

張亞紫還是一身俐落又不失休閒的褲裝，挑染金艷的長髮紮綁成一束高馬尾，鳳眼含笑。

胡十炎不知從哪搬來一張高腳旋轉椅，坐在上面，不時地向左轉幾圈，向右轉幾圈。

這舉動和他稚氣的外表一搭，看起來就像個普通孩童。

一般人根本想不到這人是個六百多歲的大妖怪。

「帝君。」一刻抹把臉，身上的絲線自動脫落，他喊這個稱呼時語氣算得上有禮，接下來可就沒那麼客氣了，「媽的，胡十炎，你剛說什麼鬼話？」

「我是在說人話，不是在說鬼話。」胡十炎嗤笑一聲，無聊地繼續左右轉動椅子，「等你們等到春天都要來了。」

附帶一提，現在才夏天而已。

一刻無視胡十炎，逕自問向張亞紫，「我們進去多久了？」

「半天不到，之後可以再改良一下森羅，大幅提升小世界和現實時間的流速差距。」張亞紫說，「其他幾個差不多也要醒了。喔，我看到你眼睫毛眨得很快了，呆子徒弟。」

無法再逃避的柯維安只好張開眼睛，臉皺成一團。

無端被點名肯定沒好事。

事實證明的確沒好事。

「我該佩服你勇氣可佳嗎？」張亞紫噙著笑，有一下沒一下地拍著手，「在森羅小世界裡玩電梯遊戲？你很行嘛，柯維安。」

柯維安瑟瑟發抖，「師父妳這樣笑我好怕。」

張亞紫仍是笑著，「怕？怕還敢玩那東西？」

「啊就是不小心忍不住，所以就這個那個……」

柯維安的話聲越來越小，想起自己這回的魯莽，差點把所有人帶入險境。

「你那是差點嗎？」胡十炎一眼看出柯維安的想法，冷嘲熱諷道：「你那是叫腦子沒帶吧。」

柯維安縮著身子，恨不得能再縮小點，最好消失在公會兩巨頭前面。

嗚嗚嗚，他就知道會遭到不留情的圍剿。

要是能聽見他的心裡話，張亞紫一定會告訴他，眞正不留情的圍勦可不是這樣的，這還算客氣了。

「沒帶腦子的還有一個。」蔚商白這時也醒過來，雖然沒聽到完整對話，但憑那幾句就能迅速掌握狀況，「蔚可可。」

「噫啊！」有人發出了怪異的叫聲。

是偷偷摸摸離開椅子，準備摸向房門口的蔚可可。

現在被眾人注視，蔚可可擠出傻笑，在蔚商白冷酷的視線下乖乖回到原位坐好。

「對不起，我有錯！」蔚可可很識時務，一被抓包，認錯認得超快，「我不該那麼莽撞，不該在森羅小世界裡玩電梯遊戲，下次我絕對不敢了！」

「妳還想要下次？」蔚商白嘴角不帶笑意地勾扯一下。

「沒有沒有，連下次都沒有了！」蔚可可趕緊端正態度。

「帝君，我們在森羅小世界裡究竟發生什麼事？」一刻心裡有幾分猜測，但還是想弄清楚，「那真的是異空間嗎？我們在那邊碰到的人……」

張亞紫拍拍手，「那就來個說明時間吧。只要通過電梯遊戲，就能前往異空間，當然不是有玩就能成功，否則這世界早就亂了套。」

張亞紫豎起三根手指，「你們只是剛好趕上——天時、地利、人和。」

「妳就直說我們衰吧。」一刻木然地說。

「哈。」張亞紫笑了一聲，「要這麼說也行。尤其是維安你們，真行哪。」

「我可以把這當成師父妳的讚美嗎？」柯維安卑微地問。

張亞紫只是給他一個笑容，要他自己去領會。

柯維安懂了，這絕對不是。

「你們可以想成夢中夢。」胡十炎似乎折磨夠身下的椅子了，不再把它轉得咔吱響，「如果連森羅小世界也算進去，就是三重夢。」

森羅小世界是第一個。

在商辦大樓玩了電梯遊戲，連接到異空間的捷運站電梯，這是第二個。

此時的認知和記憶已受到異空間力量的干擾，出現連自己都無法發覺的誤差。

抵達白椿飯店，又玩了一次電梯遊戲，進入更深、更多怪物的異空間，則是第三個。

「森羅小世界本來就是一個虛擬的夢中世界，在裡面很容易跟其他空間碎片連接在一起。可以把電梯遊戲看成一種開門儀式，當然，就像帝君說的，你們就是很衰。」

柯維安抗議，「太過分了吧！師父剛明明是說天時地利人和，你不要竄改！」

一刻選擇認命，「反正意思都一樣啦，不衰能撞進別人的世界裡嗎？」

一刻的舉例太過有力，柯維安只好閉上嘴，哀傷地承認他們真的很衰。

蔚可可發現自己跟不上進度，決定放空大腦。

張亞紫彈下手指，飄浮在空中的倒立三角錐上亮起光芒，一條條紋路攀爬而上。

下一剎那，悅耳柔和的女聲迴響在房間裡。

「你們進入的是亡者空間。如果是在現實世界，這個小空間其實不能影響到別人，但你們都是意識進入，又經歷電梯遊戲，才會容易受到影響。」

「誰在說話？誰誰誰？」蔚可可驀地拉回注意力，往四周不停張望，「而且這聲音有點耳熟……」

蔚商白快一步辨認出來，「是電話裡的聲音。」

「什麼電話……啊！啊啊啊啊！」經蔚商白提醒，蔚可可恍然大悟，不敢置信地拔高嗓子嚷，「飯店電話！」

「這又是怎麼回事？」一刻無意識繃緊肌肉，左手無名指的神紋更是迅速浮現。

「冷靜一點。」胡十炎漫不經心地說，「這是森羅的聲音，人工智能會說話也很正常，用不著大驚小怪。」

……不，從一個妖怪口中說出人工智能四個字，感覺更加奇怪了。

一刻嚥下吐槽，視線轉向張亞紫。

「這聲音是我跟開發部一起挑選出來的。」張亞紫神情自若地把話接下去，「你們差點就迷失在異空間裡，當然得想辦法把你們撈出來。」

「很抱歉，因爲無法直接干涉，只能間接給予提示。」那道悅耳女聲又說道。

「雖然是幫了很大的忙，但那提示眞的很像鬼片。」蔚可可小聲地說。

森羅小世界繼續說，「收集完那個空間的記憶情報後，我整理出案件的來龍去脈。」

那不是他們這個世界所存在的城市。

當時市裡出現一個隨機殺人魔。

假如屋內只有一人，他會選擇直接殺害；假如屋內有兩人，他會殺死一人，留下另一人的性命，但會在對方身上寫下自己生日，因此又被媒體稱爲生日殺人魔。

警方一直在追查他的行蹤，也試圖查出他是如何在不破壞門鎖的情況下，成功進入受害人住處。

這個一刻他們知道。

「制服魔法……」柯維安喃喃地說，「殺人魔只要換上制服，不管是警察、郵差，或是其他機關，就會讓人不自覺放下警戒，主動打開門。」

吳曉潔也是如此。

她以為門外的是飯店工作人員，殊不知是經過偽裝的殺人魔。

生日殺人魔混入白椿飯店，隨機挑中吳曉潔他們作為目標。他殺了趙天昊，在吳曉潔背上寫下生日，之後準備逃逸。

但他低估吳曉潔的體力與執著，沒料到她還有辦法追出來。

就在這時，飯店無預警遭遇土石流，大量土石泥沙擊碎玻璃灌入樓層裡，扭打在電梯裡的兩人雙雙被掩埋。

三人殘存的執念和記憶碎片形成了扭曲的亡者空間。

在那裡，看似平常的白椿飯店裡處處藏著異常。

李明峰化身成眾多怪物，真正的本體藏在吳曉潔體內。

吳曉潔和趙天昊忘記一切，以為自己是來飯店度假。

吳曉潔受到李明峰的影響，記憶出現混淆。

而趙天昊的一部分潛意識則給出一刻他們指引，也就是碟仙。

吸光者的存在和李明峰無關，它是一個象徵，代表著土石流即將到來。

「那他們之後……會怎樣？還有那個異空間……」一刻問道。

森羅如實回答，「我已經斷開與異空間的連接，那個空間其實也只是不穩定的碎片，過不了多久就會自動崩潰。」

「那萬一我們眞的沒從那地方出來的話……」柯維安思考最糟的可能性。

「當然就是我親自去撈人了。說你呆子，你還眞的呆到家了。」張亞紫雙手抱胸，勾起肆意的笑容，「這種小事又怎麼會難得倒我？」

沒人懷疑這番話的可信度。

給出保證的人可是文昌帝君。

柯維安不禁感動好幾秒，然後就發現一個大問題。

「慢著慢著慢著！既然師父妳有辦法，爲什麼不一開始就把我們撈出來？」

「欸？對耶！」蔚可可瞪圓眼，「這樣我們也不用困在裡面被怪物追來追去。」

「那還用說嗎？」張亞紫輕描淡寫地說，「有趣啊。」

「娛樂度挺不錯的。」胡十炎笑得天眞無邪，繼續補刀，「就當看場電影打發時間了。」

誰他媽的要演給你們看啊！要不是礙著張亞紫在，一刻早就對胡十炎發出怒吼。

「這不只是過分，這根本是超過分！」柯維安摀著胸，欲哭無淚地看向公會兩巨頭，「師父、老大，你們不是人！」

一妖一神同時說，「我們本來就不是。」

「好了，你們都沒問題的話，就讓開發部的人研究……檢查一下。」張亞紫剛說完，其中兩面牆壁的上半部立刻轉為透明。

原來那邊本來是窗戶，只是玻璃顏色在這之前都是白的，和牆壁融為一體。

現在窗戶一轉為透明，馬上露出外邊景象。

一刻他們抽口氣，雞皮疙瘩瞬間排排立起。

窗外竟擠滿了人，全都穿著標誌性的實驗長袍，每張臉孔看起來都憔悴蒼白，眼下還有深深的黑眼圈。

可每個人的眼睛亮得有如火炬，看著一刻等人的眼神如同看著什麼稀世寶物。

那是開發部的人員。

別稱又叫神經病、瘋子、研究狂。

張亞紫微笑地說，「這還是第一次有人進入森羅小世界後，又跑到異空間去，對他們來說相當有研究的價值，你們就乖乖當一下小白鼠吧。」

「啊！師父妳說出來了吧！妳直接說我們是小白鼠了！」柯維安悲憤地喊。

張亞紫四兩撥千斤地說，「有意見就去怪我徒弟吧，要不是他搞了這一齣，你們也不會激發他們的熱情。」

柯維安這下不敢向張亞紫抗議了，他抱緊自己，驚恐地看向一刻他們。

一刻把手指折得咔咔作響，臉上只差沒寫著「你死定了」。

柯維安沒有馬上體會到一刻的拳頭有多沉重，因爲房門霍然打開。

那些貼擠在窗邊的開發部人員頓時像蝗蟲擁入，一下就把四個人團團包圍住。

有的人負責抓手，有的人負責抬腳，準備把四人搬到開發部的實驗室。

「我操！等一下！我說等一下！」一刻奮力從人海中探出頭，伸長手臂朝著張亞紫他們喊，「那其他人呢？和我們一起行動的那三人呢？」

一刻還記得他們的名字。

毛茅、項冬、項溪。

可不知為何，三人的相貌在腦中竟開始變得模糊。

張亞紫手斜插進口袋裡，「夢可以連接到很多地方，有的碰巧開了門，進入了你們的夢境之中。總之對他們來說，就像是作了一場奇妙的夢。夢醒了，自然也會漸漸淡忘。」

尾聲

榴岩市的某間屋子裡。

在沙發上睡得東倒西歪的三人幾乎是同時睜開眼睛，從睡夢中脫離。

「哎呀？」毛茅發出一聲呢喃，不自覺地環視客廳一圈，「我們這是……在客廳裡睡著了？感覺還作了一個好奇怪的夢……」

毛茅的臉蛋皺成一團。

平時他頂多作些跟洋芋片有關的夢，例如世界變成洋芋片王國，大海變成洋芋片大海，或是田裡都長著洋芋片之類的。

但這一次卻夢到了項冬、項溪，還有不認識的人。

一群人在一棟飯店裡被奇形怪狀的怪物追，還不停上下搭乘電梯。

總而言之，是一場很累的夢。

但毛茅想要仔細回想那些人的模樣，記憶卻又變得模模糊糊。

「而且電梯……」毛茅從桌子底下摸出一包洋芋片，「爲什麼夢裡還要一直搭電梯啊？眞累呀。」

「都怪我弟。」項冬解開頭髮，隨意抓理了下後重新綁起，「肯定是因爲他堅持要玩電梯遊戲，才害你跟我都作了怪夢，我也夢到電梯了。」

不只電梯，還有怪物，還有一票陌生人。

毛茅問，「學長你也夢到了？你還夢到什麼？」

項冬說，「你跟我弟，跟沒見過的人。」

項溪也說，「我也夢到我弟跟小朋友你。」

毛茅精神一來，這聽起來簡直像他們的夢是共通的。他連忙多問幾句，登時露出驚嘆的表情。

還眞的是夢境共通。

他們三人作了一樣的夢。

這眞是太奇妙了！

「所以都是項溪的錯。」項冬斬釘截鐵地論斷。

「明明應該是怪你，愚蠢的弟弟啊，是你堅持要玩電梯遊戲的。」項溪反唇相譏，在爭取哥哥頭銜上絕不認輸，「你難道忘了最開始是誰提的？」

「你！」

「你才對！」

兩張一模一樣的臉怒目相視。

毛茅見怪不怪地舔舔手指沾上的洋芋片粉末，一鎚定音，「反正就是學長你們！」

項冬、項溪不爭論了，面對小學弟的指控，兩人像是鬥敗的公雞，垂頭喪氣。

先不管是誰起的頭，最終把毛茅帶去一起玩電梯遊戲的，的確是他們倆沒錯。

他們倆今天接了打工，工作內容簡單，只要當小學弟的貼身保母就行。

換句話說，毛茅去哪，他們也會跟到哪。

力求毛茅走路不要絆到，吃飯不要噎到，喝水不要嗆到，吃洋芋片時更要注意別哽到。

毛茅對此有過抱怨，「我又不是三歲小孩。」

「但你爸，我們那個恐怖雇主覺得你是。」項家兄弟當時異口同聲地說。

看顧一個只比自己小一屆的學弟會有多難？何況還錢多。
號稱打工達人的項冬、項溪自然不會錯過這個機會。
事實證明確實很簡單。
問題就出在這個「簡單」上面。
項冬、項溪覺得太閒了，閒著沒事就想找事做，然後就找了電梯遊戲這個都市傳說來玩。
他們沒事先告訴毛茅，用三包洋芋片賄賂，成功拉人跟他們一起去上上下下搭電梯。
搭完電梯，什麼事也沒發生，安然無事地出了電梯。
結果回到毛茅家裡不久，三人同時感到睡意襲來，不約而同地昏睡過去。
一起作了一場關於電梯遊戲、怪物，還有殺人魔的怪夢。
現在想想，這估計是玩了電梯遊戲後帶來的後遺症。
否則毛茅他們還真想不透，三人的夢怎麼有辦法相連在一起？
「學長們在夢裡也讓人傷腦筋啊。」毛茅嘆口氣，「夢中還得我去救你們。」
項冬、項溪明智地選擇閉嘴，現在說什麼似乎都是錯誤。

毛茅也只是隨口感嘆幾句，畢竟那只是一場夢而已。

隨著醒來時間越久，夢中的一切就像褪了色的背景，變得越來越模糊。

毛茅已不記得夢裡最初跟自己一塊行動的人長怎樣了，但心裡還殘留著一個印象。

是兩個很可靠的人呢！

叮咚！叮咚！

門鈴聲忽然響起。

毛茅愣了一下，隨即疑惑地起身去開門，不知道這時候會是誰上門。

項冬和項溪坐沒坐相地癱倒回沙發上，彷彿這是自家客廳。

直到他們聽見毛茅歡快地喊了一聲，「爸爸，你回來啦！」

東倒西歪的兩人瞬間跳起，身體僵直得有如電線桿。

他們面面相覷，耳朵豎得老長，職業素養告訴他們該去迎接一下雇主，可本能卻在拚命搖頭。

不不不，他們才不想跟那個怪獸家長面對面！

「爸爸，你忘記帶鑰匙了嗎？」輕快的少年嗓音從玄關處飄來，「幸好我在家呢。」

「賭一百塊。」項冬轉頭，「雇主只是想要小朋友開門，喊：你回來了。」

「賭一百塊。」項溪也轉過頭，與項冬額頭撞一塊，即便額頭疼痛，他還是堅定說完，「理由同樣。」

「那還賭屁。」項冬咂下舌。

「不賭了。」項溪左右張望，「留著，還是走？」

項冬說，「日結的薪水還沒拿。」

項溪說，「那就留……」

項溪話還沒說完，一高一矮的人影就走進客廳裡。

矮的自然是毛茅，高的則是項冬他們口中的雇主。

高大冷峻的橘髮男人向兩兄弟投予一記視線，「你們帶毛茅玩電梯遊戲了？」

項冬、項溪大驚，「你怎麼知道！」

又齊齊看向毛茅，「小朋友你說的嗎？」

「我什麼都還沒說呢。」毛茅無辜地聳聳肩膀，「雖然我晚點也是要跟爸爸說啦。」

告狀這種事，他做得很熟練的。

凌霄冷笑一聲，「當然是街上有我的眼線。」

項冬、項溪內心同步：這怪獸家長也太恐怖了！

兩張如出一轍的面孔飛速對視一眼，下一秒採取相同行動，試圖奪門而出。

凌霄自然不會放過膽敢帶毛茅做危險事的兩人。

「噫啊啊啊——」

即便是在夢中世界，也不曾因怪物追擊亂了陣腳的雙胞胎兄弟，這一刻丟臉地慘叫出聲了。

毛茅伸伸懶腰，對旁邊的混亂視若無睹，反正只要別鬧出人命就沒問題了嘛。

「啊啊，天氣真好，再來多吃一點洋芋片吧！」

《神使劇場：闇的遊戲日》完

後記

又到了一年一度的～「神劇」後記時間！

之前愚人節在粉專貼了一張「神使」和「除魔」聯動的圖。

當你們拿到這本書時，就知道不是愚人節玩笑，毛茅跟小白眞的同框演出啦！

只不過凌霄把拔不是主演，只在結尾露一下臉，主力其實是項家兄弟XD

當時想著該如何讓不同世界觀的角色們一起上場，想來想去就鎖定了「電梯遊戲」這個主題。

這是一個都市傳說，相傳只要按照順序按下電梯樓層數字，就會抵達異空間。

啊，不過還請不要眞的去嘗試，這樣會讓想搭電梯的人很苦惱的。

我自己也不敢試，雖然會寫恐怖故事，但我膽子其實非常非常小XDDD

既然有了異空間的存在，不同世界的人馬碰在一起就順理成章多了。

以電梯遊戲爲本集主題後，決定讓故事加入一些驚悚風格，再加入一些怪物，最後就成爲一場飯店內的逃生戰了。

原本在想該讓哪些角色成爲本集主演，小白和商白同學第一個浮現腦袋。

之前寫過小白跟小芍音的雙白，現在該讓另一組雙白出場了。

而毛茅那邊，則選定項家雙子成爲隊員。

我愛雙胞胎，這次難得有機會，就讓項冬、項溪兄弟陪毛茅一起玩電梯遊戲了。

與編輯討論封面跟彩頁時，也在人物組合上猶豫不定。

沒辦法，太想看到夜風大把每一個人都畫出來……

最後終於達成結論，封面由小白跟毛茅，封底由帥氣的蔚商白同學獨霸，而維安他們就負責出現在拉頁上了。

看到圖的時候，眞的是各種激動，夜風大畫得太好看了～～～

毛茅那身貓咪造型的服裝超級可愛，手上還拿了一包洋芋片，看到上面的「喵得多」三字瞬間噴笑。

太會了，夜風大！

大家拿到書時，務必先好好欣賞一下美麗的圖，再搭配文字閱讀，可以帶來絕佳的體驗喔。

最後感謝把書帶回家，並看到這裡的你。

我們下一個故事再見～

醉琉璃

神使劇場熱鬧感想區QR Code
歡迎大家上來分享心得唷！

Main Cast

Thanks for reading♥

國家圖書館出版品預行編目資料

神使劇場：闇的遊戲日／醉琉璃 著.——初版.——
台北市：魔豆文化出版：蓋亞文化發行，2023.05
面；　公分.（Fresh；FS224）
ISBN　978-626-98319-1-3（平裝）

863.57　　113004692

fresh FS224

神使劇場
闇的遊戲日

作　　者　醉琉璃
插　　畫　夜風
封面設計　莊謹銘
責任編輯　林珮緹
總 編 輯　黃致雲
發 行 人　陳常智
出 版 社　魔豆文化有限公司
發　　行　蓋亞文化有限公司
地址：台北市103承德路二段75巷35號1樓
電話：02-2558-5438　傳真：02-2558-5439
電子信箱：gaea@gaeabooks.com.tw
投稿信箱：editor@gaeabooks.com.tw
郵撥帳號　19769541　戶名：蓋亞文化有限公司
法律顧問　宇達經貿法律事務所
總 經 銷　聯合發行股份有限公司
地址：新北市新店區寶橋路二三五巷六弄六號二樓
電話：02-2917-8022　傳真：02-2915-6275
港澳地區　一代匯集
地址：九龍旺角塘尾道64號龍駒企業大廈10樓B&D室
電話：+852-2783-8102　傳真：+852-2396-0050
初版一刷　2024年 5月
定　　價　新台幣 290 元
Published and printed in Taiwan

ISBN 978-626-98319-1-3

魔豆

魔豆